Der Duft von zu Hause

Das Buch

Elisabetta ist 43 Jahre alt. Genauso alt war ihre Mutter, als sie starb und ihren Ehemann mit vier kleinen Kindern zurückließ. Immer hat Elisabetta seitdem versucht, ihrer Mutter nachzueifern, sich um die kleinen Geschwister zu kümmern, dem Vater eine vorbildliche Tochter zu sein, und dabei fast ihr eigenes Leben vergessen. Nun, da sie ein Alter erreicht, das ihre Mutter nicht mehr erlebt hat, macht sie sich anhand alter Familienrezepte auf die Spurensuche nach ihrer eigenen Geschichte.

Die Autorin

Elisabetta Severina wurde in Turin geboren und lebt heute in Mailand. Sie ist selbst Mitte vierzig und unterrichtet Italienisch und Geschichte an einem Gymnasium. *Der Duft von zu Hause* ist ihr erster Roman.

Elisabetta Severina

Der Duft von zu Hause

Roman

Aus dem Italienischen von
Esther Hansen

List Taschenbuch

Besuchen Sie uns im Internet:
www.list-taschenbuch.de

Mix
Produktgruppe aus vorbildlich bewirtschafteten Wäldern und anderen kontrollierten Herkünften
www.fsc.org Zert.-Nr. GFA-COC-1223
© 1996 Forest Stewardship Council
FSC

Dieses Taschenbuch wurde auf FSC-zertifiziertem Papier gedruckt. FSC (Forest Stewardship Council) ist eine nichtstaatliche, gemeinnützige Organisation, die sich für eine ökologische und sozialverantwortliche Nutzung der Wälder unserer Erde einsetzt.

Deutsche Erstausgabe im List Taschenbuch
List ist ein Verlag der
Ullstein Buchverlage GmbH, Berlin.
1. Auflage April 2009

Titel der italienischen Originalausgabe:
Quarantatré (Instar Libri, Torino)
Konzeption: sempersmile
Werbeagentur GmbH, München
Umschlaggestaltung: bürosüd° GmbH, München
Titelabbildung: © Fototeca Storica Nazionale/
getty images
Satz: LVD GmbH, Berlin
Gesetzt aus der Excelsior
Papier: Munkenprint von Arctic
Paper Munkedals AB, Schweden
Druck und Bindearbeiten:
CPI – Clausen & Bosse, Leck
Printed in Germany
ISBN 978-3-548-60885-3

Für Elena,
die an mich geglaubt hat.

Croquì

50 g Butter

50 g Mehl

lauwarme Milch

400 g feingehacktes Hühnchen-
oder Kalbfleisch

2–3 Eigelb

Salz, Pfeffer, Muskat

Butter zum Einfetten

Semmelbrösel

1 Ei

Öl oder Schmalz zum Ausbacken

Für die Béchamelsoße die Butter in der Pfanne zergehen lassen, das Mehl und etwas warme Milch hinzugeben und die Schwitze unter ständigem Rühren auf kleiner Flamme etwa zehn Minuten einkochen. Das mit den Eigelb vermengte Hackfleisch untermischen und mit Salz, Pfeffer und Muskat abschmecken. Sollte die Masse zu fest sein, verdünnt man sie mit ein wenig Milch. Die Fleischmasse auf einen mit Butter gefetteten Teller verteilen und komplett abkühlen lassen. Anschließend in kleine Stücke schneiden, in Semmelbröseln, verschlagenem Ei und erneut in den Bröseln wenden, bis man kleine, etwas längliche Bällchen erhält. Diese in dem erhitzten Fett ausbraten und heiß oder lauwarm servieren.

Vielleicht hat jede Familie ihre Hackfleischbällchen. Da sie eigentlich ein typisches Resteessen aus dem übriggebliebenen Fleisch vom Vortag sind, hätte man sie früher niemals seinen Gästen angeboten. In der Rezeptsammlung der Urgroßmutter, die du mit deiner zierlichen und klaren Handschrift für mich abgeschrieben hast, haben unsere Familienfrikadellen den französisch angehauchten Namen »Croquì«, und sie sind tatsächlich ein ziemlich raffiniertes Gericht. Ich habe sie schon als Kind sehr geliebt, und bei ihrer Zubereitung erzähltest du oder Papa jedes Mal die Geschichte, wie deine Schwester Verstopfung bekam, weil sie ein Dutzend kalter Croquì aus der Vorratskammer stibitzt und verzehrt hatte. In meiner kindlichen Vorstellungswelt waren Croquì daher die ersten verbotenen

Früchte, eine jener Leckereien, die köstlich schmeckten, aber zu Bauchweh führten, wenn man es übertrieb. Selbst heute noch staune ich jedes Mal wieder, wenn ich sie zubereite, wie delikat sie sind, und genauso staunen alle, die sie zum ersten Mal probieren. Ihr Geheimnis liegt im Kontrast zwischen dem knusprigen Mantel und dem weichen Inneren, denn die Béchamelsoße und das Eigelb verleihen ihnen eine ganz besondere Konsistenz, die sie von anderen Kroketten, etwa aus Hühnchenfleisch- oder Fisch, unterscheidet. In dieser doppelten Beschaffenheit, zunächst hart und dann weich, innen wärmer als außen, liegt ihr sinnlich-geschmacklicher Reiz, ein Genuss, der noch erstaunlicher wird, wenn man sie mit etwas Zitronensaft beträufelt: die exotische und leicht süßliche Note des Muskats kommt durch den sauren Geschmack der Zitrone noch mehr zur Geltung. Doch damit der Saft die Croquì nicht tränkt, sondern nur an ihrer Oberfläche leckt, muss die Kruste fest und stabil sein – kurz, sie müssen nach allen Regeln der Kunst ausgebacken werden.

Die Küche war, als du noch lebtest, für mich und meine Geschwister der Mittelpunkt des Hauses. In der Küche aßen wir dreimal am Tag, in der Küche machten wir unsere Hausaufgaben, während du am Bügelbrett standest, in der Küche hantierten wir mit Tellern und Töpfen, und mit den Konserven aus der Vorratskammer, den Nudelpackungen und Tomatendosen spielten wir Einkaufen. Indem ich dir zuschaute und zur Hand ging, lernte ich meine ersten einfachen Gerichte zu kochen, Grießbrei oder Nudelsuppe für die jüngeren Geschwister, Nudeln mit Tomatensoße, in die eine Prise Zucker kam, um den Tomaten die Säure zu nehmen, sogar meine erste Quiche mit einem wahnwitzigen Mürbeteig, der sicherlich im Müll gelandet wäre, wenn du ihn nicht für mich gerettet hättest.

In der Küche sprachen wir über alles, in den frühen Abendstunden, bevor mein Vater zum Essen nach Hause kam, nachdem die Hausaufgaben erledigt und die Kindersendungen im Fernsehen zu Ende waren. Eines Abends, als Paolo noch klein war und in seinem Hochstühlchen saß, erzähltest du uns von dem Verbrechen der Rina

Fort, die in das Haus ihres Geliebten eingedrungen und seine Frau und die drei Kinder ermordet hatte: einen Jungen, ein Mädchen und einen ganz kleinen Bub. In meiner Phantasie übertrug ich die Geschichte auf unsere Familie, auch wenn es nicht ganz passte, da du schon vier Kinder hattest und es in unserem Fall also zwei jüngere Brüder zu töten gab. Die Vorstellung von dem Baby im Hochstuhl mit gespaltenem Kopf quälte mich sehr lange. Schaudernd dachte ich an die »Fontanelle« in seinem Köpfchen, die sich, wie du mir erklärt hattest, als ich dir beim Wickeln half, erst später schließen würde, und ich stellte mir vor, wie die Eisenstange auf die zarten Schädel meiner Brüder krachte. Der Name Rina Fort, unter dem ich mir damals eine überdrehte Amerikanerin vorstellte, während es sich in Wirklichkeit um eine Bäuerin aus dem Friaul handelte, ist für mich seither mit jenem Abend in der Küche verbunden, mit der Unruhe, die mich lange Zeit packte, wenn ich die Wohnungstür gehen hörte und fürchtete, eine Mörderin könne auf der Schwelle erscheinen anstatt Papa, der von der Arbeit nach Hause kam. Heute löst diese Erinnerung bei mir nur Neugier und Verwunderung darüber aus, was dir als junge, vierfache Mutter wohl dabei durch den Kopf gegangen sein muss. Gleichzeitig empfinde ich ein vages Unbehagen, denn dies ist eine der Seiten an dir, die ich nicht kennengelernt habe, für die kein Platz war in unserem Kult des Schweigens, den wir fünfundzwanzig Jahre lang unter Opferdarreichungen am heimischen Altar zelebrierten.

Mit etwa vierzehn Jahren habe ich zum ersten Mal versucht, selbst Croquì zuzubereiten. Es muss an einem Sonntag gewesen sein, und wahrscheinlich wohnten wir noch in Turin, denn Marisa war nicht da. Papa hatte sie wie immer am Samstagnachmittag nach Hause gefahren. Zwischen deinem Tod und dem Umzug nach Mailand lagen nur dreieinhalb Jahre, aber in meiner Erinnerung ist diese Zeit sehr, sehr lang, und oft fällt es mir schwer, die Ereignisse zeitlich und räumlich richtig einzuordnen. Die Samstage und Sonntage dieser drei Jahre jedenfalls sind in meiner Erinnerung eher wirr, doch ich weiß noch, dass Papa an den Wochenenden mehr Zeit mit uns verbrachte als sonst, uns im Wagen zur Großmutter oder den Tanten kutschierte oder neue Schuhe und Kleider mit uns kaufen ging. Er tat dasselbe, was auch die Eltern meiner Schulkameraden taten, nur dass er dabei allein war. Das brachte mich nach und nach zu der Überzeugung, dass er aufgrund seiner Fähigkeit, auch die Mutterrolle zu übernehmen, ein ganz außergewöhnlicher Mensch sein musste, und ich begann, ihn noch mehr zu vergöttern als zuvor. Bis dahin war meine Liebe zu ihm wie die jeder Tochter zu ihrem Vater gewesen: eine eifersüchtige, besitzergreifende Liebe, die auf dem Bewusstsein beruhte, Papas Liebling zu sein, im Gegensatz zu Gianfranco, der immer dein Verbündeter gewesen war. Dann waren die anderen Brüder und das Schwesterchen dazugekommen, die Dinge hatten sich gewandelt, und gerade im letzten Sommer vor deinem Tod war zwischen dir und mir ein neues Gleichgewicht entstanden, eine erste Vertrautheit unter Frauen, die zum Teil auch meine Liebe zu ihm verändert hatte.

Dein Tod stellte alles auf den Kopf und ich begann Papa zu lieben, weil er schön, klug und tüchtig war, aber vor allem, weil er am Leben war, wenngleich mir das erst heute so klar ist. Ich erinnere mich noch genau an eine Begebenheit, die für mich den Anfang dieser neuen Gefühle markiert, nämlich ein Telefongespräch, das ich zufällig mit anhörte: Papa saß im selben Sessel, in dem du immer mit der Großmutter oder den Tanten telefoniert hattest, und sprach mit der Frau eines Cousins von ihm, die sich in jenen Tagen rührend um uns kümmerte und uns sonntags oft zum Mittagessen einlud. Sie hatte selbst drei Kinder, mit denen wir dann immer im Garten ihres Hauses spielten, während Papa und die beiden sich unterhielten und auf Chicca aufpassten, die noch zu klein war, um mitzuspielen. Am Telefon hörte ich Papa zu Rosanna sagen: »Ohne Vater fehlt es an Geld und an materieller Sicherheit, aber ohne Mutter fehlt es einfach an allem.« Daraufhin verkroch ich mich weinend in einem Versteck, weil ich mich fragte, ob ich es vorgezogen hätte, dass er gestorben wäre. Doch meine Antwort lautete nein, er würde das schon schaffen – Geld nach Hause bringen und sich um alles andere kümmern –, und ich würde ihm dabei helfen. Ich glaube, an jenem Tag setzte sich ein

Mechanismus in Gang, den andere vielleicht Verdrängung nennen würden und den ich ganz einfach das Bedürfnis nach Normalität nenne: Zum Überleben war es wichtig, dass alles den Anschein von Normalität hatte, dass jeder von uns davon überzeugt war, unsere Familie sei genau wie die anderen. Erst mit vierzig konnte ich mir von einer Freundin offen ins Gesicht sagen lassen, was wir alle uns nie eingestanden hatten, nämlich dass der Umstand, Waise zu werden, das Leben eines Menschen verändert, dass der Verlust eines Elternteils das Leben einer Familie verändert. Indem ich dir von diesem Telefongespräch erzähle, konfrontiere ich mich selbst mit einer Wahrheit, die ich nur schwer akzeptieren kann, auch wenn ich gegenüber meinen damals zwölf Jahren inzwischen nachsichtiger geworden bin: Wenn ich nämlich darüber nachdachte, was besser oder schlechter gewesen wäre, kam ich nicht im Entferntesten auf die Idee, dass am besten natürlich keiner von beiden gestorben wäre. Ich hatte deine Abwesenheit akzeptiert, weil sie nicht zu leugnen war, und damals weinte ich nicht, weil du nicht mehr da warst, sondern weil ich Angst hatte, Papa könne sterben, und ich mich gegen die Vorstellung wehrte, er wäre lieber an deiner Stelle gestorben.

Der Beschluss, Papa zu helfen, beinhaltete Dinge wie ihn niemals zu ärgern, immer schön zu lernen und ohne Ermahnung die Hausaufgaben zu machen, wenig an angesagte Klamotten oder Sänger zu denken, dafür immer kluge Sachen von sich zu geben. Deswegen hielt ich mich aber keineswegs für etwas Besseres als die anderen Mädchen und meine Freundinnen, glaube ich, auch nicht. Ich erinnere mich noch, wie wir uns nachmittags bei der einen oder anderen Mitschülerin zum Lernen trafen und die Zeit mit äußerst albernen, aber sehr lustigen Telefonscherzen verbrachten oder wie wir uns vor der Schule auf die Lauer legten, um einen Jungen aus der achten zu beobachten, der einen Meter siebenundachtzig groß war, braune Haare und grüne Augen hatte und logischerweise Gesprächsthema Nummer eins unter uns »Kleinen« war. Es waren harmlose Streiche, die meine Freundinnen ihren Müttern eher aus Scham über ihre eigene Albernheit verheimlichten als aus Angst, ausgeschimpft zu werden. Ich hingegen hatte niemanden, vor dem ich sie verheimlichen konnte, und heute frage ich mich, ob die pubertäre Geheimniskrämerei dadurch nicht auch an Reiz verlor. Ich fühlte mich nicht überwacht, andererseits aber auch nicht vernachlässigt. Das Bewusstsein, dass Papa mir vertraute, verlieh meinem Denken und Handeln ein größeres Gewicht, als es das Denken und Handeln meiner Mitschülerinnen hatte. Vielleicht habe ich, gerade weil ich größere Freiheiten genoss, diese nie ausgenutzt und niemals Dinge heimlich getan.

Heute denke ich oft, dass ich gerne von dir erfahren hätte, was du für ein Teenager warst. Aufgrund deiner wenigen Bemerkungen, die ich noch in Erinnerung habe, stelle ich mir dich als Tochter vor, die ihr Denken und Handeln vor ihrer Mutter geheim hielt. Es gibt nur sehr wenige Fotos von dir, weil du dich nie gerne hast ablichten lassen: Auf den einen bist du noch ein acht- oder neunjähriges Kind am Meer, dessen Locken im Wind wehen, auf anderen sieht man dich schon als junge Frau von dreiundzwanzig Jahren bei einem Ausflug nach Capri 1950, als der Krieg vorbei war und das Leben sich wieder normalisiert hatte. Ich konnte mir nie so recht vorstellen, was es für deine Generation eigentlich bedeutet hat, in jenen Jahren aufzuwachsen, und du hast nie darüber gesprochen außer in vagen Andeutungen, die mehr verschwiegen als preisgaben. Im Laufe der Zeit bin ich durch mühselig zusammengetragene Hinweise zu der Überzeugung gelangt, dass du im Frühjahr 1945 gewaltsame Übergriffe erlebt haben musstest, wahrscheinlich ähnlich deinen Altersgenossinnen, die wie du Töchter lokaler Persönlichkeiten aus den ländlichen Regionen von Lombardei oder Piemont waren. Ich erinnere mich, dass du mir einmal erzählt hast, wie du und ein paar Freundinnen von einer Gruppe Partisanen entführt wurdet. Du warst die Tochter des Arztes, eine andere die Tochter des Bürgermeisters, wieder eine andere die eines Industriellen. Seit ich im Fernsehen die Durbridge-Verfilmung »Angst um Janet« gesehen hatte, nahm dieser Raub in meiner Phantasie einen wichtigen Platz ein, denn mein kindlicher Geist hatte aus deiner Erzählung nur das aufregende Abenteuer herausgehört: Du hattest voll Stolz berichtet, wie du einem der jungen Männer, der damit angab, »in den Bergen gewesen zu sein«, ins Gesicht sagtest, du hättest ihn am 20. April im Kino gesehen. Ich stellte es mir wie eine Filmszene vor, mit dir als Heldin. Angeregt von deiner Erzählung sah ich die Bürgermeistertochter nackt auf dem Tisch tanzen, bevor sie zuschauen musste, wie ihr Vater ermordet wurde. Doch meine Phantasie erlaubt es mir erst seit kurzem, auch dich nackt auf dem Tisch stehen zu sehen oder mir vorzustellen, wie du mit kahlgeschorenem Kopf nach Hause zurückgeschickt wurdest, ein Geheimnis, das der Großmutter viele Jahre nach deinem Tod in einer unbedachten Bemerkung herausgerutscht war.

Noch weniger weiß ich über dein Leben zwischen zwölf und achtzehn Jahren. Ich habe keine Ahnung, ob du gut in der Schule warst, wie du deine Freizeit verbrachtest, welche Kleider oder welches Essen du mochtest. Ich wüsste gerne, ob die Erfahrungen, die ich in den frühen Jahren nach deinem Tod gemacht habe, deinen irgendwie ähnelten, aber dieser Wunsch muss für immer unerfüllt bleiben. Der einzige Mensch, der mir darüber etwas sagen könnte, ist deine Schwester, die jedoch sieben Jahre jünger ist als du und sich daher kaum noch an etwas erinnert. Ich frage mich zum Beispiel, wie du deine erste Periode erlebt hast. Es mag banal klingen, ausgerechnet darüber zu sprechen, aber für mich war es eine ganz eigenartige Erfahrung, und nicht etwa weil ich sie als besonders dramatisch empfunden hätte. Vielmehr war es so, das wird mir heute klar, dass Papa die Vorstellung, mit mir über meine Menstruation sprechen zu müssen, ziemlich beunruhigend fand, zumal er davon ausging, dass sie sich in den ersten Monaten nach deinem Tod einstellen würde. So rief er einmal, als ich über schlimme Bauchschmerzen klagte, eine deiner Schwestern zu Hilfe, die auch prompt kam und mir einen langen Vortrag hielt, von dem ich so gut wie nichts verstand und an dessen Ende ich kleinlaut zugeben musste, dass ich gar nicht blutete. Nachdem die Gefahr für den Augenblick gebannt war, atmeten alle erleichtert auf und das Thema war vom Tisch. Im November, als wir über Allerheiligen in den Bergen waren, wurde ich dann, fern von Omas und Tanten, »zur Frau«, wie man damals sagte, und Papa musste die Sache alleine regeln. Mittlerweile ahnte ich jedoch schon, dass diese Blutung ganz normal war, so dass wir den Ernstfall ohne größere Aufregung überstanden, wenngleich ich Sinn und Zweck des monatlichen Geschehens erst später durch Gespräche mit Freundinnen und entsprechende Lektüre herausfand.

Der uneingeschränkte Zugang zu Büchern war auch etwas, was mich von meinen Freundinnen unterschied. Dein Tod hatte nichts damit zu tun, ich war schon seit frühester Kindheit vertraut mit Büchern, und ich bin überzeugt davon, dass ich sie genau deshalb so heiß und innig liebe. Papa las gerne, obwohl er wenig Zeit dafür hatte, und auch meine Geschwister mögen Bücher, der eine mehr, der andere weniger. Doch diese alles verschlingende Leidenschaft habe nur ich, und ich weiß, dass ich sie von dir geerbt habe. Ich kann mich noch an eine hitzige Diskussion zwischen dir und der Großmutter erinnern, eines der seltenen Male, als sie uns in Turin besuchen kam. Ich weiß nicht mehr, ob Großvater damals noch lebte, aber ich weiß noch, dass dieser Besuch von einem sehr steifen Zeremoniell begleitet war und ich den wichtigen Auftrag hatte, euch im Wohnzimmer den Tee zu servieren. Du hattest mir zum ersten Mal diese Aufgabe übertragen, und ich war sehr stolz darauf, doch gleichzeitig hatte ich Angst, eine der kostbaren Tassen aus blauem Porzellan zu zerschlagen, die zu deinen schönsten Hochzeitsgeschenken zählten. Die Tässchen sind noch heute alle unversehrt, trotz der vielen Umzüge, die sie mitmachen mussten. Und immer wenn ich sie vorsichtig in die Umzugskartons ein- und wieder auspackte, verspürte ich die gleiche Angst wie damals und die gleiche Erleichterung, dass sie noch heil sind, begleitet von einem unerklärlichen Drang zu weinen. An jenem Tag verhinderten meine Sorge um die Tassen und vielleicht auch mein junges Alter, dass ich mich wunderte, warum in aller Welt eine Tochter der eigenen Mutter den Tee im Wohnzimmer und in Porzellantassen servierte, anstatt sich mit ihr in die Küche zu setzen, das Alltagsgeschirr zu benutzen und die Kekse in der Blechdose auf den Tisch zu stellen, anstatt sie auf ein Silbertablett zu legen. Damals hatte ich das vage Gefühl, du tätest es mir zuliebe, damit ich Großmutter zeigen konnte, dass ich schon alt genug war, um den Gästen aufzuwarten. Nach dem Tee holte Großmutter zu einem langen Vortrag aus, von dem ich nur noch weiß, dass er in der Anklage gipfelte: »Bei fünf Kindern, die du zu versorgen hast, vertust du deine Zeit mit diesen Groschenromanen.« Das traf mich aus zweierlei Gründen tief: Allem voran weil es nicht stimmte, die zwei Stunden am Nachmittag, die du deiner Leidenschaft frönntest, musstest du häufig genug unterbrechen, um Windeln zu wechseln, Snacks zuzubereiten oder plötzliche Wehwehchen zu behandeln. Zweitens kam mir dein Tun gar nicht so verwerflich vor – ich sah dich gerne lesen, etwa beim Stillen eines Geschwisterchens oder während ich Hausaufgaben machte. Es war ein beruhigender Anblick. Ich schaute mir die Bücher an, berührte sie, dachte mir Geschichten zu den Titeln und Umschlägen aus. Ich spreche hier von deinen Büchern, denn natürlich hatte ich auch zahlreiche eigene und zu jedem Geburtstag und zu Weihnachten bekam ich neue von euch geschenkt, die ich gierig verschlang. Im Verlag Giunti erschienen in jenen Jahren gekürzte, spannend geschriebene Fassungen der großen Epen: Die Geschichten der *Ilias*, der *Odyssee*, der *Aeneis*, aber auch nordische Sagen waren mir daher von der zweiten Klasse an vertraut. Später kamen die Werke von Jules Verne hinzu, dann die Tetralogie von Louisa May Alcotts *Little Women*. In Omas Haus hatten wir außerdem die gesammelten Werke der Kinderbuchreihe des Verlagshauses Salani aus deiner eigenen Kindheit gefunden, und ich und Gianfranco stritten uns um so spannende Titel wie *Das Rätsel im Schloss* oder *Die geheimnisvolle Schwebebahn*. Deine Bücher hingegen übten auf mich eine besondere Anziehungskraft aus, und häufig bat ich dich, sie mir zu erzählen, oder ich träumte davon, sie selber lesen zu können. Eines Tages, in deinem letzten Sommer, als meine fünf Grundschuljahre gerade hinter mir lagen, hatte ich in Tomasi di Lampedusas *Leopard* geblättert und dich gefragt, ob ich ihn lesen dürfe. Du hattest es mir erlaubt, aber hinzugefügt, dass ich mich wahrscheinlich schnell langweilen würde, weil es kein Buch für mein Alter sei und ich es nicht verstehen würde. Das stimmte, und nach einigen Seiten legte ich es wieder weg, vielleicht auch weil du es mir nicht verboten hattest und ich nichts beweisen musste. Wenige Jahre später, in der siebten oder achten Klasse, las ich ihn dann schließlich ganz, und er gefiel mir sehr. Noch heute nimmt er einen wichtigen Platz unter meinen Lieblingsbüchern ein, auch weil meine Begeisterung für ihn sich mit dem Bedauern paart, dass ich mich nicht mehr mit dir darüber austauschen konnte.

Dass ich aus eigenem Antrieb den *Leoparden* las oder die Lieder eines Fabrizio De Andrè oder Massimo Ranieri mochte, gehörte zu den Dingen, die auf meinen Beschluss zurückzuführen waren, Papa zu helfen. Um ehrlich zu sein, musste ich mich keineswegs dazu zwingen oder verstellen. Es gefiel mir, jeden Tag De Andrès Album *La buona novella* zu hören, das eben 1970 herausgekommen war, in den langen Monaten, als du im Krankenhaus gelegen hattest. Es rührte mich, vor allem seit Papa mit bedauernder Stimme gesagt hatte: »Diese Platte hätte deiner Mutter gefallen.« Dennoch merkte ich, dass mich diese Zeichen der Reife von meinen Mitschülerinnen unterschieden – obschon meine beste Freundin, die sich nicht darum sorgen musste, ihrem Vater keinen Kummer zu bereiten, meine Leidenschaft teilte. Wahrscheinlich hätte ich De Andrè auch dann gehört, wenn du nicht gestorben wärst, aber ich hätte meinen Vorlieben und Wünschen keinen so starken ethischen Wert beigemessen. Der erwuchs aus den Lobeshymnen, die Papa von mir sang, wenn er seinen Freunden von meiner Intelligenz und meinem Einfühlungsvermögen erzählte.

Für die Schule galt in Teilen dasselbe: Von der ersten Klasse an war ich immer gern zur Schule gegangen, es gefiel mir, Neues zu lernen und zu erfahren, und vielleicht hing das damit zusammen, dass mir der Einstieg in diese Welt sehr leicht gefallen war. Mit vier hatte ich lesen gelernt, indem ich im Fernsehen *Es ist nie zu spät* verfolgt hatte, den legendären Telekursus des Pädagogen Alberto Manzi für erwachsene Analphabeten. Im Laufe der Jahre entdeckte ich, dass auch andere Kinder meines Alters bei demselben Lehrer lesen gelernt hatten, einem seriösen Herrn in Jackett und Krawatte, der mit Kreide auf seine Tafel das B für Boot oder das S für Sonne malte, in einer damals noch schwarzweißen Welt. Ich erinnere mich an das erste Mal, als Großvater mich einem Test unterzog und ich ihm, ohne zu stocken, einen Zeitungsartikel vorlas. Wie wahrscheinlich fast jeder Mensch erinnere ich mich außerdem noch sehr gut an meinen ersten Schultag: Du brachtest mich in den Klassenraum und die anderen Mädchen weinten, während ich wohl schon damals Haltung beweisen wollte, sie trockenen Auges betrachtete und mich insgeheim besorgt fragte, was mich erwartete. Die Lehrerin erzählte uns dann die Geschichte vom heiligen Franziskus und dem Wolf von Gubbio und forderte uns auf, ein Bild dazu zu malen. Voller Triumph kam ich anschließend nach Hause und zeigte meine erste Schularbeit vor. In meiner Erinnerung waren die Grundschuljahre eine unbeschwerte Zeit voller Erfolgserlebnisse und Vergnügungen: das wunderbare Projekt zur Region Friaul Venezia-Giulia beispielsweise, das ich mir ausgesucht hatte, weil Papa aus Triest kam, oder das Tagebuch, das die Lehrerin uns jeden Morgen eine halbe Stunde lang schreiben ließ und das meine Idee gewesen war, oder die kleine Klassenbücherei, für die jedes Mädchen ein Buch von zu Hause mitbrachte und in die wir uns immer samstags für einige Stunden schweigend vertieften. Doch auch eine schmerzliche Erinnerung gibt es aus jener Zeit, ein Erlebnis, das mir bis heute unter die Haut geht, weil ich es immer noch als ein ungerechtes, sinnloses Missverständnis empfinde: In der zweiten Klasse sollten wir einen kurzen Aufsatz über unsere Eltern verfassen, und ich schrieb über dich, dass du sehr »aufreizend« seist. Ich wollte sagen, dass du häufig ungeduldig mit uns warst, schnell geschimpft und dich aufgeregt hast, aber das Wort »reizbar« war mir damals noch nicht geläufig und ich kannte die verschiedenen Adjektivbildungen und ihre Bedeutungen noch nicht so genau. Siehst du, selbst heute versuche ich noch, mich zu rechtfertigen, denn deine enttäuschte und verletzte Reaktion tut mir immer noch weh. Sie gehört zu den Erinnerungen, die ich nur schwer aushalte, da du dich darin als eine Mutter zeigst, die sich von den unschuldigen Angriffen einer Siebenjährigen aus der Ruhe bringen lässt.

Auch später ging ich noch gern zur Schule, doch zur Freude am Lernen gesellte sich nach Papas berühmtem Telefonat mit Rosanna ein neuer Aspekt: Das Lernen war meine Pflicht, wie alle immer wieder betonten, allerdings waren die guten Noten weniger dazu da, Papa zufriedenzustellen, als vielmehr, ihm die Sorge um mich zu nehmen. Es ist nicht gesagt, dass auch er es so sah, das gehört zu den vielen Dingen, die ich ihn nie gefragt habe; wahrscheinlicher ist, dass er meinen Erfolg in der Schule wesentlich leichter nahm als ich, sogar darüber lachte. So war ich jahrelang das Ziel von Spott und zugleich Mitleid durch meinen Vater und meine Brüder, weil ich bis Mitternacht an den Religionshausaufgaben saß. Ich weiß nicht mehr, wie es wirklich war, Familiengeschichten haben ihre eigene Dynamik. Was ich aber noch weiß, ist, dass mir diese Witzeleien weh taten und ich immer schnell das Thema wechseln wollte. Es traf mich, dass mein Wunsch zu funktionieren als Zeichen der Dummheit gewertet wurde. Ich weiß nicht, ob du dich den Frotzeleien angeschlossen hättest, ob du mich genauso aufgezogen hättest, aber wahrscheinlich hätte ich, wärst du nicht gestorben, auch nicht bis Mitternacht für Religion gelernt. Doch wenn ich daran denke, wie stolz du auf meinen Wolf von Gubbio warst, stelle ich mir gern vor, dass du mich verteidigt und in Schutz genommen hättest.

Papa zu helfen bedeutete unter anderem auch zu lernen, wie man Croquì zubereitet. Beim ersten Versuch konzentrierte ich mich vor allem auf die richtige Größe: Meine Hackfleischbällchen sollten keine Zeppeline werden, wie Papa Marisas ersten Versuch betitelt hatte, obwohl ich mich an ihre Idealmaße nicht genau erinnerte. Nach all den Jahren und nachdem ich die Croquì so viele Male zu verschiedenen Anlässen für Freunde zubereitet und immer großes Lob geernet habe, weiß ich, dass sie kein einfaches Gericht sind: Die Béchamelsoße muss die richtige Konsistenz haben, ein weiterer Trick liegt in der doppelten Panade und man muss beim Braten genau die richtige Temperatur einhalten. Ich erinnere mich daher nicht mehr an das Ergebnis, sondern nur an meine Anspannung und den Wunsch zu beweisen, dass ich – im Gegensatz zu Marisa oder irgendjemand anderem – in der Lage war, Croquì zuzubereiten. Bei solchen Experimenten sekundierte mir immer Papa. Samstags und sonntags mussten er und ich für das Mittag- und Abendessen sorgen, und oft behalfen wir uns mit Tiefkühlkost, Teigtaschen und Fischstäbchen, die ich heute wahrscheinlich deshalb nicht mehr kaufe, weil ich sie mit jener Zeit des emotionalen und kulinarischen Mangels verbinde. Hin und wieder jedoch wagte ich mich an schwierigere Gerichte, wobei er das historische Gedächtnis deiner Rezepte war. Unsere Sehnsucht drückte sich in dem Bedauern um einen Nudelauflauf oder ein Pilzrisotto aus, und sie waren die einzigen Zugeständnisse, die wir an unsere Trauer machten. Ich verspürte den dringenden Wunsch, bestimmte Dinge kochen zu lernen, damit Papa nicht mehr sagen konnte: »Wie gerne würde ich noch einmal dieses oder jenes essen«, ohne es zu bekommen, und damit meine Brüder und meine Schwester, die sich nicht an den Geschmack gewisser Speisen erinnern konnten, dich übers Essen lieben lernen sollten. Ich müsste lügen, wollte ich behaupten, dass mir all das damals als Teenager bewusst war. Aber ich weiß, dass in meinem Kopf eine Art Verzeichnis mit unmöglichen Rezepten existierte, die ich noch außerhalb meiner Fähigkeiten glaubte, und dass ich von dieser Liste ein Gericht nach dem anderen strich, dessen Zubereitung mir zu meiner eigenen Überraschung gelungen war. Mit der Zeit, im Laufe vieler Jahre, wurden Geschnetzeltes und Braten möglich, Kochfleisch und Geschmortes, überbackener Blumenkohl und gefüllte Zucchini. Jedes Mal bereitete es mir große Freude zu sehen, dass Aussehen und Geschmack den Erwartungen entsprachen, und umso trauriger bin ich, dass ich mich nicht genau an das Resultat jener ersten Croquì erinnere. Jedenfalls müssen sie ganz in Ordnung gewesen sein, denn alle aßen ihre Portion auf, und ich erinnere mich noch deutlich, dass Papa besonders zufrieden mit ihnen war. Ihr Gelingen machte aus mir deine rechtmäßige Erbin.

Nudelauflauf mit Kräutern

2 Bund gemischte Kräuter

400 g kurze Nudeln,
Maccheroni
oder Muschelnudeln

1 Rezept Béchamelsoße
(siehe S. 7)

frisch geriebener Parmesan,
Semmelbrösel
und Butter

Die gemischten Kräuter waschen, in wenig kochendem Salzwasser weich dünsten, anschließend gut auswringen und ganz fein hacken. Während die Nudeln in sprudelndem Salzwasser gar kochen, eine recht flüssige Béchamelsoße zubereiten und am Ende die Kräuter einrühren.

Nudeln und Kräutersoße in eine feuerfeste Form füllen, großzügig frisch geriebenen Parmesan mit Semmelbröseln darüber verteilen und einige Butterflöckchen daraufsetzen. Das Ganze im Ofen überbacken, bis der Käse leicht gebräunt ist.

In den Sommerferien nach der neunten Klasse zogen wir nach Mailand, wo mein Vater eine neue Stelle angetreten hatte; von April bis Juni des Jahres 1974 hatte er allein in einem kleinen Appartement gewohnt, dann aber eine große Wohnung jenseits des Flughafens Linate gefunden, in einem jener Wohnviertel in der Peripherie, die in jenen Jahren entstanden. Als das Schuljahr zu Ende war, kamen wir Kinder nach. Für mich bedeutete der Umzug den Abschied von meinem bisherigen Gymnasium Alfieri und meiner Klasse, in der ich mich sehr wohl gefühlt hatte, von meinem alten Freundeskreis und vor allem meiner besten Freundin Gabriella. Ich hatte das Gefühl, unter uns Geschwistern das größte Opfer bringen zu müssen, denn Gianfranco studierte schon und pendelte zwischen Turin und Mailand hin und her, während Lele in die sechste Klasse auf die weiterführende Schule wechselte und Paolo und Chicca noch die Grundschule besuchten. Außerdem musste ich schon den Bus um zehn nach sieben nehmen und daher in aller Frühe aufstehen und das Haus verlassen, wenn die anderen noch schliefen.

Der plötzliche Wechsel nach Mailand und auf ein neues Gymnasium, das Carducci, fiel mir nicht leicht, obwohl ich mich sonst schnell eingewöhnte, mich jeder Umgebung anpassen konnte und nie ernsthafte Kontaktschwierigkeiten hatte. Das Umfeld hier war heterogener und die Schüler viel politisierter. Während das Alfieri von Kindern der Mittel- und Oberschicht besucht wurde, trafen auf dem Carducci alle sozialen Schichten aufeinander.

Ich liebe Turin, die Stadt hat für mich bis heute etwas Magisches, und wenn ich dort bin, spaziere ich immer noch gerne durch die Gassen des Zentrums, unter den Bogengängen entlang von der Piazza San Carlo bis zur Piazza Castello, durch die wunderschönen Gärten des Palazzo Reale. Ich fühle mich dann halb als Touristin und halb als Turinerin und durchlebe meine Gefühle als Fünfzehnjährige wieder, als ich gerade anfing, samstagnachmittags mit einigen Schulkameraden ins Kino und mit Freundinnen einkaufen zu gehen. Ein paar Plätze der Stadt sind auch eng mit meinem Bild von dir verbunden, Via Cavour, wo du mit uns Eis essen gingst, der kleine Markt Crocetta, der Park um die Villa Rignon, das alte Krankenhaus San Giovanni, in dem du gestorben bist und das ich als düster und schmutzig in Erinnerung habe, während es mittlerweile von Grund auf saniert wurde. An Mailand hänge ich weniger, meine Beziehung zu der Stadt ist konfliktgeladener, und erst seit kurzem, nach über fünfundzwanzig Jahren, beginne ich allmählich, einige ihrer Ecken zu mögen, mich in manchen Straßen heimisch zu fühlen, sie zumindest teilweise als meine Stadt anzusehen. Ich muss aber auch zugeben, dass das Alfieri mit seiner wie in Watte gepackten Atmosphäre meine Entwicklung wahrscheinlich niemals so geprägt hätte wie das Carducci. Das Schuljahr 1974/75, mein erstes in Mailand, war eine schreckliche Zeit. Ich sah mich plötzlich mit Demonstrationen, Streikposten und einem furchteinflößenden Guerillaklima konfrontiert, Dinge, die mir bis zu diesem Moment völlig fremd gewesen waren. Meine Schulfreunde und ich hielten uns im Großen und Ganzen raus, nahmen an keinen Demos teil und gingen bei Streik wieder nach Hause oder, in den letzten zwei Jahren des Gymnasiums, zum Billardspielen in die Via Marocco. Dennoch ließ die Atmosphäre von Kampf, Protest und Sehnsucht nach Erneuerung auch uns nicht kalt, und es war unvermeidlich, dass wir uns der Frage nach dem Leben, der Welt und der eigenen Zukunft stellten.

Ich ging immer noch gern zur Schule und fand bald neue Freunde, mit denen ich mich auseinandersetzen konnte, nicht zuletzt weil meine Klassenkameraden in der Neunten vom ersten Tag an sehr freundlich und aufmerksam zu mir waren, vielleicht mehr, als ich es erwartet oder sogar gewünscht hätte. Trotzdem kehrte ich, wann immer ich konnte, nach Turin zurück. Ich fühlte mich als Opfer einer ungerechten Behandlung, und da ich dafür unmöglich meinem Vater die Schuld geben konnte, lastete ich es eben meinen Mitschülern, meinen Lehrern und Mailand selbst an, die in Wirklichkeit natürlich völlig unschuldig waren. So begann eine lange Folge von Wochenenden, an denen ich Gabriella besuchte und zumindest für achtundvierzig Stunden wieder in die Welt eintauchte, die ich verlassen hatte und die mich unvermeidlich nach und nach vergaß. Wenn ich Gabriella in Turin besuchte, wurde ich mit einer Familie konfrontiert, die der meinen sehr ähnlich war und zugleich völlig anders. Ihre Mutter mochte mich und gab mir nie Anlass, mich unwohl zu fühlen, was für mich damals bedeutete, nicht daran erinnert zu werden, dass ich keine Mutter mehr hatte. Ich vermute, sie wusste das, jedenfalls hat sie mich in all den Jahren, in denen sie mich liebevoll bei sich in Turin oder in ihrem Ferienhaus am Meer aufnahm, nie nach dir gefragt. Auch ich mochte sie, und wenn ich sie beobachtete, merkte ich sehr wohl, dass sie anders war als du, anders mit ihrem Mann und den Töchtern sprach, anders den Haushalt führte, sich anders kleidete und anders kochte. Heute frage ich mich, ob das Wissen um diese Andersartigkeit nicht die schützende Grenze war, die es mir in all den Jahren erlaubte, mich nicht irgendwann als ihre dritte Tochter zu fühlen und die Rollen zu verwechseln, sondern sie einfach zu mögen, ohne zu wünschen, dass sie du wäre. Ich glaube, auch diese Fähigkeit, ja quasi Notwendigkeit, meine Gefühle unter Kontrolle zu halten, beruhte auf der Vorspiegelung von Normalität, die mittlerweile zu meinem Modus vivendi geworden war: Ich brauchte keine andere Mutter und auch keinen Muttersatz, weil ich ein ganz normales Leben führte. Ein Leben, das sich in nichts von dem Gabriellas oder meiner anderen Freundinnen unterschied, die allesamt anbetungswürdige Mütter hatten, Mütter, die umgekehrt mich für anbetungswürdig hielten.

Unter diesen Müttern war auch die von Marzia, jener Klassenkameradin vom Carducci, mit der mich eine besondere Freundschaft verband, vielleicht weil sie ein paar Jahre zuvor ihren Vater verloren hatte und sich zum Teil in einer vergleichbaren Lage befand. Im Gegensatz zu mir sprach sie oft von ihm und dachte mit zornigem Bedauern darüber nach, wie das Leben aussähe, wenn er noch lebte. Ich hörte ihr zu und schaffte es dennoch nicht, von dir zu erzählen, fand nicht die nötige Wut oder Traurigkeit, um ihre Vertraulichkeiten zu erwidern. Ich hatte das Gefühl, dass jegliche Trauer, jegliches Fordern die Liebe zu meinem Vater geschmälert hätten, und manchmal kam mir Marzias Verhalten überzogen vor, da auch sie durch ihre Trauer um den Vater die Mutter abwertete, wie ich fand. Das bedrückende Klima jener Jahre, das in der Schule, auf den Straßen und in den Wohnungen zu spüren war, sollte auch meine neue Freundschaft mit Marzia prägen: In der neunten Klasse wurde das Leben unserer Familie von einer plötzlichen Bedrohung, die über meinem Vater schwebte, auf den Kopf gestellt. Es waren die Jahre, als politische Extremisten damit begannen, wahllos vermeintlichen Gegnern in die Beine zu schießen, und mein Vater zählte durch die Stellung in seinem Unternehmen zum gefährdeten Personenkreis. Eines Tages war er mit einem Leitfaden nach Hause gekommen, der direkt von Scotland Yard stammte und den seine britischen Vorgesetzten unter den Mitarbeitern in Führungspositionen verteilt hatten. Darin wurde unter anderem empfohlen, das Haus wenn möglich zu verlassen, die Familie an einen sicheren Ort zu bringen, in ein Hotel zu ziehen und nur noch mit Begleitschutz vor die Tür zu gehen. Wir nahmen die Nachricht damals mit einer Art ergebener Gelassenheit hin und gewöhnten uns an den Gedanken, dass allein der morgendliche Schulweg schon ein Risiko darstellte. Im Februar zogen wir für eine Woche alle in unser Haus in den Bergen, wo ich und Gianfranco die Karnevalszeit genossen und uns bestens amüsierten. Nach dieser Woche aber fanden mein Vater und ich, ich sollte nicht noch mehr Schultage versäumen, während meine kleineren Geschwister die Grundschule in den Bergen besuchen durften und Gianfranco an der Uni sowieso keine Anwesenheitspflicht hatte und daher im Exil bleiben konnte. Die Lösung kam von Marzias Mutter, die sich anbot, mich so lange wie nötig bei ihnen aufzunehmen. Und so wurde ich – bis mein Vater nach ein, zwei Wochen die Nase voll hatte, allesamt zur Basis zurückverlegte und nur noch eine Weile den Personenschutz akzeptierte – als dritte Tochter in eine Familie aufgenommen, die ganz anders war als meine, eine Familie, die nur aus Frauen bestand.

Marzias Mutter war für mich ebenso heldenhaft wie Papa. Genau wie er hatte sie nach dem Tod ihres Mannes die Rolle des fehlenden Elternteils übernommen, brachte das Geld nach Hause, kümmerte sich um die Zukunft der Mädchen und war nebenbei weiterhin Mutter, kaufte ein, führte den Haushalt und kontrollierte die Hausaufgaben. Marzia und ihre Schwester wiederum waren sehr verantwortungsvolle und selbständige junge Mädchen, so dass ich in der Zeit bei ihnen fast Schuldgefühle bekam, weil ich mich meiner neuen Freundin gegenüber im Vorteil sah, als könne man Schmerz und Verlust auf einer Werteskala einordnen und quantifizieren. Mit Marzia tat ich dasselbe, was ich mit meinen Geschwistern und meinem Vater tat: Ich wertete meinen Schmerz gegenüber dem ihren ab, und immer wenn ich um dich trauerte oder mich nach dir sehnte, unterdrückte ich die Tränen, schloss mich ins Bad ein und spritzte mir so lange kaltes Wasser ins Gesicht, bis ich nicht mehr weinen musste. Dabei wiederholte ich mir immer wieder: »Was sollen denn erst die anderen sagen … Papa, Chicca, Paolo, Lele, Gianfranco, Großmutter?« Alle anderen schienen bessere, edlere Gründe zum Leiden zu haben als ich: Papa hatte die Liebe seines Lebens verloren; die jüngeren Geschwister hatten weniger von dir gehabt als ich, meine kleine Schwester konnte sich ja nicht einmal an dich erinnern; dagegen hatte Gianfranco dich länger erlebt und somit eine höhere Zahl schmerzhafter Erinnerungen; die Großmutter hatte eine Tochter verloren, was der größte Schmerz von allen ist, so sagt man, weil es eben unnatürlicher ist, ein Kind zu verlieren als seine Eltern. Ihre Trauer war legitim, heilig, meine hingegen nur ein Zeichen von Schwäche, das ich verstecken musste. In dieser Kunst des Versteckens eignete ich mir mit der Zeit außergewöhnliche Fähigkeiten an, was mir in den letzten Jahren von vielen Seiten bestätigt wurde, seit meine Trauer urplötzlich aufgebrochen ist und ich mit jedermann über dich rede, mit Tanten, Schulfreunden, ehemaligen Kommilitonen und Arbeitskollegen. Alle habe ich sie gefragt, wie oft ich in den vergangenen fünfundzwanzig

Jahren von dir gesprochen habe, und alle haben einstimmig geantwortet: »Nie.«

In meinen Augen hatte ich im Gegensatz zu Marzia das Glück, dass wir Marisa hatten, die uns von Turin nach Mailand gefolgt war, außerdem für ein paar Stunden eine Putzhilfe, so dass ich weniger im Haushalt anpacken musste als sie. Das versuchte ich zu kompensieren, indem ich in meiner Zeit bei ihnen die Betten machte, beim Abstauben und Wäschewaschen zur Hand ging und natürlich meiner Freundin half, das Abendessen zuzubereiten, bevor ihre Mutter müde von der Arbeit kam. Wir mussten in jenem Jahr viel für die Schule tun, vor allem in Latein und Griechisch, denn unser Lehrer, ein hochmütiger und strenger, dabei aber sehr humorvoller Siebzigjähriger, verlangte viel und ließ uns die *Odyssee* auf Griechisch auswendig lernen, um dann beim Abfragen halbe Verse zu deklamieren, die wir vervollständigen sollten. Es war lustig und schön, miteinander zu lernen und zusammen den Schulweg zurückzulegen, und ich fühlte mich so freundlich behandelt wie ein Gast und zugleich so vertraut wie ein Familienmitglied. Das Schönste aber, wenn ich daran zurückdenke, war der Morgen, wenn Marzias Mutter in unser Zimmer kam, uns mit fröhlicher Stimme weckte und uns dann, während wir uns anzogen, das Frühstück bereitete. Nachdem ich zwei Jahre lang um 6.30 Uhr vom Radiowecker geweckt worden war und einsam meinen Milchkaffee getrunken hatte, während alle anderen noch schliefen, erschien mir dieses Aufwachen wie ein emotionaler Luxus, der mir nicht zustand, und ich war der freundlichen Frau, die mir diese Ehre erwies, unsäglich dankbar. Meine Zuneigung für Marzias Mutter gehört zu den großen Gefühlen meines Lebens, das ich nie ausgesprochen habe und das auch heute noch, wenn ich sie einmal im Jahr zu ihrem Geburtstag anrufe, nur implizit mitschwingt; die tieferen Gründe dafür habe ich nicht einmal ihrer Tochter eingestanden, die selbstverständlich ein ganz anderes Bild ihrer Mutter hat, ja bis heute vielleicht nicht einmal mir selbst. Ich erinnere mich noch gut an das Mittagessen, das meinen Aufenthalt bei ihnen beschloss: Mein Vater war an einem Samstag nach Schulschluss vorbeigekommen, um mich abzuholen, und wir aßen gemeinsam im Esszimmer, mit gutem Geschirr und Silberbesteck. Papa war bester Laune und so charmant, wie er nur sein konnte, und ich verlor mich in Gedanken, wie er und Marzias Mutter, wäre das Leben ein Film, ihre Einsamkeit teilen und ihre Kinder unter einem großen Dach vereinen würden. Es war eine Träumerei wie so viele in meinem Leben, von denen ich wusste, wie absurd und unrealistisch sie waren. Mein Vater und Marzias Mutter waren gleich alt, nur wenige Tage auseinander, beide Fische. Diese Übereinstimmung hatten sie bei jenem Mittagessen entdeckt und sie hatten auch über ihr gemeinsames Schicksal als vierzigjähriger Witwer und Witwe philosophiert. Sie waren sich sympathisch gewesen, und diese Sympathie überdauerte die Jahre, obwohl sie sich selten sahen. Ich erzähle dir das alles, damit du verstehst, wie oft ich mir eingeredet habe, dass du durchaus ersetzbar wärst, es letztlich aber niemals toleriert hätte, nicht einmal durch jemanden, den ich mochte. Erst nach Papas Tod habe ich angefangen, es ernsthaft zu bedauern, dass er nicht wieder geheiratet hat, da die Last der Rolle, die ich ein Leben lang gespielt hatte, sich als viel zu schwer herausstellte in eben dem Moment, als sie endete.

Mit meinem Aufenthalt in diesem warmen, gastfreundlichen Zuhause ist auch eine kulinarische Erinnerung verbunden: Eines Abends, als ich mit Marzia das Abendessen zubereitete, brachte ich meiner Freundin eines deiner einfachsten, aber zugleich wirkungsvollsten Gerichte bei, den Nudelauflauf mit Kräutern. Für einen ersten Gang ist er relativ gehaltvoll, doch zusammen mit einem leichten *Secondo* wird daraus ein durchaus rundes Essen. An jenem Abend hatte ich darauf bestanden zu kochen, wenngleich mir die Béchamelsoße manchmal noch Probleme bereitete. Aber ich wollte der Familie, die mich bei sich aufgenommen hatte, unbedingt etwas von mir mitgeben. Laut einer Familientradition, von der ich mich nie ganz freigemacht habe, waren Familienrezepte nämlich zu hüten wie der eigene Augapfel, und wenn einem anderen eines preisgegeben wurde, war er quasi in den Kreis der Eingeweihten aufgenommen. Schon damals begann ich, aus meiner Liebe zum Kochen einen persönlichen Charakterzug zu entwickeln: Es war fast das erste Mal, dass ich außerhalb der Familie Leute bekochte, und ich wollte mich nicht blamieren, da ich von Kindesbeinen an gehört hatte, wie gut ich kochen könne, und darin bereits so ehrgeizig war wie vielleicht auf keinem anderen Gebiet. Erst heute kann ich den Wert dieser Geste vollständig ermessen, während es damals für mich schlicht eine Art war, im Haushalt zu helfen, wie etwa den Abwasch zu machen oder das Zimmer aufzuräumen. Seit eh und je bedeutet mir das Kochen für andere, ein Gefühl zu erwidern, das mir entgegengebracht wird. Und genau diesen Wert hat es für mich, Freunde zum Essen einzuladen oder die Zuneigung von Männern, in die ich mich verliebt habe, »durch den Magen« gehen zu lassen. Die überbackenen Nudeln mit Kräutern sind viel delikater als Nudelgerichte mit Spinat zum Beispiel, eben durch die Unterschiedlichkeit des Grünzeugs: Bei Kräutern besteht nicht die Gefahr, dass ein bitterer Nachgeschmack bleibt oder dass das Gemüse sich durch seine faserige Konsistenz nicht mit der Soße verbindet. Doch jenseits seines kulinarischen Wertes war das Gericht an sich ein besonderes Geschenk, und vielleicht lag es an meiner Jugend, dass ich es so unbekümmert zubereiten konnte. In den Jahren danach habe ich den Nudel-Kräuter-Auflauf nur noch selten gemacht und ich weiß auch, warum: Dieses Rezept ist noch viel enger mit dir verbunden als die übrigen Rezepte deiner Sammlung, denn anders als die Croquì oder die Schokoladencreme stammt es nicht von der Urgroßmutter, sondern ist deine eigene Erfindung. Das hat mich häufig davon abgehalten, es zu kochen, denn meine Sorge, etwas falsch zu machen, war dabei besonders groß. Kaum ein anderer Geschmack im Leben berührt mich so wie dieser, und vielleicht liegt es daran, dass ich ihn mir so selten erlaube. Die Bereitschaft, mich anrühren zu lassen, in einer Gabel mit Pasta das riesige Gebäude der Erinnerung wiederzufinden, habe ich erst in jüngster Zeit für mich erobert. Vielleicht ist es sogar weniger eine Eroberung als eine Kapitulation vor dem unermüdlichen Feind in meinem Innern, vor dem wilden Verlangen zu weinen, gegen das ich so viele Jahre angekämpft habe und das glücklicherweise stärker war als ich. Vielleicht werde ich mir an einem der nächsten Abende für mein einsames Mahl einen Teller Nudeln mit Kräutern zubereiten und dabei nicht nur das Essen bei Marzia, sondern auch all jene Momente noch einmal durchleben, in denen ich darauf verzichtete, um mich dem unerträglichen Kampf zwischen Genuss und Schmerz nicht stellen zu müssen.

In der zehnten Klasse wechselte Marzia die Schule und folgte damit unserem Italienischlehrer, der versetzt worden war. Ich hätte es ihr gerne gleichgetan, denn wie sie und wie alle meine Freundinnen war ich in unseren Lehrer verknallt, vielleicht sogar noch mehr als sie. Doch dieses eine Mal blieb mein Vater unerbittlich. Ich weiß bis heute nicht, ob er fürchtete, dass die andere Schule für mich zu umständlich zu erreichen wäre, oder einfach keine Lust hatte, sich in den Bürokratiedschungel aus Genehmigungen und Ummeldungen zu begeben. Vielleicht hielt er meinen Wunsch aber auch bloß für eine Laune und entschied daher, dass ich auf dem Carducci blieb. Am Ende erwies sich sein

Dekret als glückliche Fügung: Die Klasse hatte sich vor allem aufgrund des strengen Latein- und Griechischlehrers so weit dezimiert, dass wir nur durch das Dazustoßen zweier neuer Schüler wieder fünfzehn waren und nicht aufgelöst werden mussten. Wir fühlten uns ein bisschen wie Überlebende, und dieses Gefühl bewirkte, neben den persönlichen Qualitäten jedes Einzelnen und dem Wohlwollen der alten und neuen Lehrkräfte, dass wir zu einer starken und homogenen Gruppe von Freunden zusammenwuchsen und die letzten zwei Schuljahre in meiner Erinnerung die schönste Zeit meines Lebens waren. Im Unterricht hatten wir jede Menge Spaß, und unter dem Vorwand zu lernen trafen wir uns abwechselnd bei dem einen oder anderen zu Hause und spielten ganze Nachmittage lang Risiko. Im letzten Jahr, als wir über die entsprechenden Fortbewegungsmittel verfügten, begannen wir auch abends gemeinsam auszugehen. Einige der Klassenkameraden gehören noch heute zu meinen engsten Freunden, sie kennen und mögen mich – und ich sie. Das merkwürdige Klima der siebziger Jahre, das zwar oft belastend, aber auch anregend und fruchtbar war, hat uns bis heute fest zusammengeschweißt. Ich kann nicht mehr genau sagen, ob wir nicht nur gute Freunde, sondern auch gute Schüler waren, doch ich weiß noch, dass keiner aus Mangel an Alternativen, aus Zwang oder Langeweile zur Schule ging. Und ich bin mir sicher, dass ich nicht besonders viel für die Schule tat, außer in den Fächern, die ich mochte.

Ganz oben bei meinen Lieblingsthemen stand Dantes *Göttliche Komödie*. Die Hölle hatte ich aufgrund des gutaussehenden Lehrers in der neunten Klasse lieben gelernt, doch meine Leidenschaft für Dante erlahmte nicht, als er fortging und durch eine Frau ersetzt wurde, die ihrer eigenen Aussage nach wesentlich unattraktiver war als er. Das Fegefeuer war eine regelrechte Erleuchtung. Marco Lombardo sagte: »Die Welt ist blind und du, Freund, kommst von ihr«, und ich nahm mir vor, meine Sehkraft zurückzugewinnen, ich versprach mir, meinen freien Willen zu gebrauchen und im Leben immer das Gute zu wählen. Das Paradies öffnete mir schließlich die Pforten zur Poesie, deren Kraft noch deutlicher wird, wenn man bedenkt, dass mein Atheismus zu diesem Zeitpunkt schon recht gefestigt war: Ich erinnere mich an eine Prüfung, an deren Ende meine erzkatholische Lehrerin mir fast peinlich berührt das Kompliment machte: »Manchmal glaube ich, du verstehst Dante viel besser als ich.« Meine Liebe zu Dante ist heute noch fest und stark, und ich sage mir immer wieder, dass in der *Göttlichen Komödie* alles steckt, was man zum Leben braucht. Etwas naiv frage ich mich dann, wie es sein kann, dass so viele Menschen Dante und sein Werk gar nicht kennen oder, schlimmer noch, ihm gleichgültig gegenüberstehen, und wundere mich dann in einem Anflug von Dünkel, wie sie nur ohne es auskommen können. Es war immer wieder eine Qual festzustellen, dass ich auch in diesem Punkt nichts über dich weiß: ob du die *Göttliche Komödie* kanntest, ob du sie mochtest, ob sie dir egal war oder du sie nicht ausstehen konntest. Und doch sind es genau diese Zweifel, diese Gedanken, die man vielleicht eitel oder gar aufgesetzt finden mag, die mich aber zutiefst beunruhigen und mir zurzeit helfen, mich dir auf neue Art zu nähern. Auf eine

Art nämlich, die sich dadurch auszeichnet, dass sie meine Eigenheiten anerkennt und mich nicht länger verleugnet. So kann ich mittlerweile sogar die Vorstellung ertragen, dass du Dante vielleicht weder geliebt noch verstanden hast, ihn womöglich langweilig fandest oder überholt.

Außer Dante las ich weiterhin viele andere Werke, und allmählich verfestigte sich bei mir der Gedanke, dass ich später selbst einmal schreiben wollte und könnte. Wie die Liebe zum Lesen ist auch der Wunsch zu schreiben eng mit meinem Bild von dir verbunden: Mit sieben, acht Jahren hatte ich jene typischen Kinderverse verfasst, die allesamt in meiner Erinnerung verschwunden sind – bis auf einen. Er war etwas anspruchsvoller und länger und wurde von deinem Mutterstolz aufgewertet, den ich an den liebevollen Gesten und dem Lächeln erkannte, als ich ihn dir vorlas. Nach diesen ersten, kindlichen Versuchen hatte ich nichts mehr geschrieben, bis ich siebzehn, achtzehn Jahre alt war und in meinen Heften wieder Gedichte und Kurzgeschichten auftauchten. Damals wie heute war es mir, als brächen diese Dinge unaufhaltsam mit einer unerklärlichen Kraft aus mir heraus. In meinem jugendlichen Allmachtsrausch war ich nicht nur innerlich überzeugt, dass ich später einmal Schriftstellerin werden würde, sondern verkündete es auch noch öffentlich. Mit achtzehn Jahren begann ich im Sommer regelmäßig das aufzuschreiben, was ich jetzt kokett als meine Memoiren bezeichne und niemals als Tagebücher verstanden haben wollte. Auf dem ersten der mittlerweile zahlreichen Hefte, die mein Leben begleiteten, prangt ein Titel von heute geradezu anrührender Rhetorik: »Anthologie des Armseligen und Erhabenen«. Außerdem gibt es eine Warnung an denjenigen, der es sich zu lesen anschickt und »nicht ehrlich genug ist, um nicht darüber zu lachen, und nicht intelligent genug, um zu versuchen, es zu verstehen«. Vielleicht hatte ich ja noch den Refrain des Songs »Kleine Ketty« im Sinn, das die Pooh zu meiner Grundschulzeit gesungen hatten und in dem von dem Tagebuch die Rede war, »in das du nur das Schöne schriebst, für den, der des Nachts heimlich darin liest«. Ich tat so, als müsste ich für einen Fall vorsorgen, der bei mir wohl kaum jemals eintreten würde. Mein Vater hatte keine Zeit, um meine Schreiberei überhaupt zu bemerken, meinen Brüdern war sie egal, und Marisa wäre nicht im Traum eingefallen, an meine Sachen zu gehen. Tagebücher werden von Müttern gelesen, so wie bei meinen Freundinnen. Einmal war ich hautnah in ein solches Familiendrama verwickelt, als nämlich die Mutter von Luisa, einer anderen denkwürdigen Freundin von mir – eine jener Schwestern, die das Leben mir geschenkt hat –, genau an dem Morgen in ihrem Tagebuch gelesen hatte, als ich bei ihnen zu Mittag essen sollte. Dabei hatte sie den Bericht von den »verrückten Nächten«, die ich und ihre Tochter mit unseren jeweiligen Liebsten im Wochenendhaus der Familie in den Bergen angeblich durchlebt hatten, komplett falsch ausgelegt. In Wirklichkeit war rein gar nichts passiert, wir waren alle vier noch zu jung und zu unbeholfen, und doch bewirkte die Sache, dass ich augenblicklich des Hauses verwiesen wurde und Luisa mich nicht mehr sehen durfte. Das Verbot war so effektiv, dass sie und ich nun, fünfundzwanzig Jahre später, in engstem Kontakt stehen und ihre Mutter mich nicht minder gerne hat als ich sie. Doch ich weiß noch, dass die Ereignisse mich damals tief trafen und ich mich beleidigt und gedemütigt fühlte. Zu Hause erzählte ich meinem Vater beschämt und traurig die ganze Geschichte und bat ihn, Luisas Mutter anzurufen und ihr auszurichten, dass es mir leidtue. Seine Antwort lautete: »Wenn diese Frau so dumm ist, was kann ich da schon tun?!«, und wenngleich diese Reaktion mich einerseits in dem Gefühl meiner Unschuld bestärkte, schien sie mir doch auch eine Ausrede, um seiner Elternpflicht aus dem Weg zu gehen. Keine Ahnung, was du in diesem Fall getan hättest. Vielleicht hättest du meine Tagebücher gelesen, vielleicht hättest du Luisas Mutter angerufen und die Sache geklärt, vielleicht hättest du mit mir geschimpft, vielleicht hättest du dich genauso verhalten wie Papa. Doch aus irgendeinem Grund bin ich überzeugt, dass dir die Sache nicht so gleichgültig gewesen wäre, wie sie offensichtlich meinem Vater war. Ich glaube, du wärst zumindest neugierig gewesen, was ich denn nun wirklich in jenen Urlaubsnächten mit Massimiliano getan hatte. Ich glaube, du hättest mit mir über Liebe und Sex gesprochen, anstatt wie Papa so zu tun, als seien das ganz alltägliche Dinge, die ohne größere Aufregung vonstattengingen und leichtzunehmen seien. Seine Toleranz diesbezüglich hat mich sicherlich von einigen Tabus befreit, doch aus der Distanz gesehen hatte es auch ein Verhalten zur Folge, das sich schwer erklären lässt: Da mir niemand Verbote auferlegte, tat ich es selbst, und so durchlebte ich genau bei jenem berühmten Massimiliano meine ersten Sehnsüchte mit einer Mischung aus Abstand und Angst, die am Ende dazu führte, dass nichts geschah.

In der »Anthologie des Armseligen und Erhabenen« notierte ich neben meinen Gedanken und Erlebnissen auch Strophen von damals angesagten Songs und Gedichten oder ganze Absätze aus Romanen, und was ursprünglich eine Art Aufsatzsammlung hatte werden sollen, entwickelte sich mit der Zeit zu etwas anderem, schwer Fassbarem. Manchmal lese ich darin herum, und jedes Mal droht die Reise in die Vergangenheit mich fast zu überwältigen. Aus diesen Seiten tauchen die Gefühle langer Jahre auf, die ich oft aus

Selbstschutz tief in meinem Gedächtnis vergraben hatte, und zwar mit ihrer ganzen, ungestümen Wahrheit, welche die Substanz meiner Erinnerungen bis in die Grundfesten erschüttert. Von dir ist erst in den jüngeren Heften die Rede, und aus heutiger Sicht sehe ich fast mit Schrecken, welche Mittel und Wege ich fand, um mir deine Abwesenheit nicht eingestehen zu müssen, nicht zugeben zu müssen, dass du nicht mehr da warst und ich dich vermisste. Parallel zu diesen Nicht-Tagebüchern schrieb ich Erzählungen, in denen ich den todkranken Rimbaud traf oder in der ersten Person die letzten Minuten vor van Goghs Selbstmord nachempfand. Und ich stellte mir vor, wie schön und befriedigend es wäre, Literaturwissenschaft zu studieren, ich sah eine Zukunft mit enthusiastischen Verlegern, jubelnden Kritikern und öffentlichen Beifallsstürmen vor mir. Auf jene Jahre zurückblickend, frage ich mich, wie ich die Ernüchterung aushielt, die mich erwartete und die mich schon in den ersten Monaten an der Uni einholte. Wenn ich mich erinnere, wie ich mit achtzehn, neunzehn Jahren war, welche ungeheure Bedeutung ich der höchsten Punktzahl im Abitur zumaß – sie war für mich nicht nur eine Anerkennung meiner Leistung, sondern auch ein gutes Omen für wer weiß welche strahlende Zukunft –, dann kann ich mir einfach nicht den traurigen Verzicht der folgenden Jahre erklären, den allmählichen Rückzug auf »normalere« Lebensziele, den Wunsch, wie die anderen Mädchen zu sein. All dies stand so im Gegensatz zu dem brennenden Verlangen, anders, außergewöhnlich zu sein, das mich bis dahin getrieben hatte. Damals sprach ich nicht von dir, ich schrieb nicht von dir, vermutlich dachte ich auch selten an dich, und wenn du in meinen Träumen auftauchtest, lebendig, wunderschön, strahlend, wachte ich mit einem lästigen Gefühl des Unbehagens und der Unruhe auf. Doch wenn ich jetzt an die einfühlsame und kluge Gymnasiastin denke, die ich war, verstehe ich, was sie so verändert hat: die Furcht, anders zu sein als du, als das, was mir wie das Idealbild jeder Frau vorschwebte, eine glückliche Ehefrau und Mutter und eine gute Köchin, ein Ideal, das ich unüberwindlich mit deinem abgebrochenen Lebensweg in Verbindung brachte. Dabei habe ich mich damals nie gefragt, ob dies auch deine Idealvorstellung war. Und als mein Vater mir zur Feier meines Einser-Abiturs die Dante-Enzyklopädie schenkte, hatte ich vielleicht schon begonnen, mich von dem Teil in mir zu verabschieden, der mich am innigsten mit Dante verband.

Schokoladencreme

Pro Person benötigt man:

20 g Butter

20 g feinen Zucker

20 g Bitterschokolade

1 Ei

Die Butter im Wasserbad schmelzen lassen und abkühlen. Zusammen mit dem Zucker schaumig schlagen, dann die feingeriebene Schokolade hinzugeben. Eier trennen und nach und nach die Eigelbe einrühren. Am Ende das sehr steif geschlagene Eiweiß unterheben und alles im Kühlschrank bis zum Verzehr kalt stellen.

Die Schokoladencreme ist eine der Glanznummern im Kochbuch meiner Urgroßmutter. Es handelt sich nicht um eine richtige Mousse, da sie nicht erhitzt wird und ohne Schlagsahne auskommt. Entscheidend ist, dass die Schokolade gerieben wird und nicht geschmolzen, weil die Creme sonst eine andere Farbe und Konsistenz bekäme. Alle Frauen in unserer Familie machen sie, ich, Chicca, deine Schwester, meine Cousinen, und ich glaube, sogar meine Brüder haben sie ihren Ehefrauen beigebracht. Zu wichtigen Anlässen, bei Geburtstagen oder besonderen Einladungen, hat die Schokoladencreme für mich ihren obligatorischen, verlässlichen Platz im Menü. Dieser Nachtisch ist nicht besonders aufwendig zuzubereiten, aber ein Erfolgsgarant bei Tischgenossen jeden Alters.

Ich habe noch lebhaft das Bild vor Augen, wie du für manch ein besonderes Mittagessen die Creme zubereitetest, und auch, wie du das Rezept an die Nachbarin aus dem neunten Stock weitergabst, nachdem sie und ihr Mann sie einmal während eines Abendessens bei uns probiert hatten: In unserer Familie wurde die Anekdote zum Running Gag, wie diese Dame, die ihrerseits für ein paar Gäste die Creme zubereitete, von ihrem Mann als einzigen Kommentar zu hören bekam: »Nahrhaft ist sie ja.« Offenbar hatte sie etwas falsch gemacht, vielleicht beim Schlagen des Eischnees, worin das Geheimnis für das Gelingen dieses Nachtisches liegt. Ich sehe dich noch vor mir, wie du mit wohlbemessenen Armbewegungen das Eiweiß mit dem Schneebesen aufschlugst, gleichmäßig und kräftig zugleich. Der Handbesen ist sehr effizient und ergibt oft ein besseres Ergebnis als das elektrische Rührgerät. Mittlerweile bekommt man ihn gar nicht mehr überall, meinen habe ich vor ein paar Jahren in einem hübschen Haushaltsgeschäft in Paris erstanden. Er sieht deinem, der bei irgendeinem Umzug verlorengegangen ist, zum Verwechseln ähnlich, eine

Eisenspirale mit Holzgriff, die man nicht in die Spülmaschine tun darf, damit sie nicht rostet. Ich muss dir gestehen, dass ich ihn nicht oft benutze, öfter behelfe ich mir mit dem Mixer, der mir sechs Eiweiß in kürzester Zeit aufschlägt. Aber ich weiß, dass das Ergebnis nicht dasselbe ist, und in moralischen Momenten denke ich, dass es die körperliche Anstrengung ist, die das perfekte Ergebnis bringt. Wenn ich beschließe, dass ein bestimmter Nachtisch der Mühe wert ist, macht es mir große Freude zu sehen, wie sich das Eiweiß unter meinen Armbewegungen erst langsam aufbauscht, dann zu Schaum und schließlich zu weichem, jungfräulichem Schnee wird. Und es kommt mir dann so vor, als zelebrierte ich ein Ritual für dich und alle Hausfrauen von vor vierzig Jahren.

Vielleicht hatte Signora Calvi also nicht den passenden Schneebesen, vielleicht fehlte es ihr auch am Sinn fürs Kochen. Die Sympathie, mit der ich mich an sie erinnere, gründet sich in der etwas neidvollen Bewunderung, die sie für dich hegte. Sie war in deinem Alter, groß und hübsch, und hatte einen netten und freundlichen Ehemann. Allerdings war sie wie besessen von ihrem immer wieder enttäuschten Kinderwunsch. Obwohl ich damals erst acht war, erinnere ich mich noch gut an ihren zornigen Ausruf: »Das ist ungerecht!«, als du ihr erzähltest, dass du zum fünften Mal schwanger warst. Damals wusste ich noch nicht, welche Kraft der Traum, Mutter zu werden, besaß, der früher oder später jede Frau überfällt. Die Rivalität zwischen Signora Calvi und dir, die du im Gegensatz zu ihr mit Leichtigkeit Kinder und Nachtische fabriziertest, kam mir vor wie die zwischen der jungen Braut Olivella und ihrer eifersüchtigen Schwägerin Maria Rosa, beides Figuren aus der populären TV-Werbesendung »Carosello«, die damals jeder kannte. Es waren Zeichentrickfiguren: Olivella hübsch und ungezwungen, mit Pagenkopf, die alles perfekt machte; Maria Rosa hässlich und plump, die Haare zu einem unschönen Dutt hochgesteckt, die ihr nacheiferte und dabei immer nur Unheil anrichtete. Sie sang am Ende: »Keiner weiß, wie es kommt, immer nur dir gelingt alles prompt.« Für mich warst du Olivella und die Nachbarin aus dem neunten Stock war Maria Rosa. Ich wusste nichts von dem tiefen Leid, das sie immer wieder in unseren kinderreichen Haushalt herunterkommen ließ, um mit dir zu plaudern, sich nach unseren Hausaufgaben zu erkundigen und unser Spielzeug zu begutachten. Gianfranco und ich fanden sie ein wenig lächerlich und langweilig zugleich, und zu unseren Lieblingsspäßen gehörte es, sie nachzuahmen. Einmal nämlich hatte sie sich unsere Sammlung von Bleisoldaten angesehen und mit einem angewiderten Schrei erschrocken die Figur des Attila fallen lassen, dessen Pferd mit den abgeschlagenen Köpfen der Feinde geschmückt war. Zum Vergnügen unserer jüngeren Geschwister entwickelten wir daraus ein kleines Theaterstück, bei dem ich du war und die Soldaten zeigte, während Gianfranco sich die imaginäre Brille zurechtschob, um besser sehen zu können, und dann mit einem Aufschrei den Attila aufs Bett warf. Nach deinem Tod sahen wir Signora Calvi nur noch selten, auch weil sie in der Zwischenzeit ein kleines Mädchen mit großen, traurigen Augen adoptiert hatte, das nur ab und zu herunterkam, um mit Paolo und Lele zu spielen.

Um die Zubereitung der Schokoladencreme zu erlernen, genügte mir die Rezeptsammlung nicht: Ich brauchte die direkte Unterweisung durch meine Großmutter. Während meines Studiums verbrachte ich ganze Wochen mit ihr in ihrem Ferienhaus am Lago d'Orta. Ich war damals mit einem freundlichen, sympathischen Mann liiert, der seinerseits am Lago Maggiore wohnte und uns hin und wieder besuchen kam. Großmutter fand ihn wohlerzogen und nett und lud ihn häufig ein, mit uns zu Abend zu essen. Für eines dieser Essen bat ich sie, mir zu zeigen, wie man die berühmte Creme macht, und folgte gewissenhaft ihren Anweisungen, die sie mir von ihrem Stuhl am Küchentisch aus gab. Als Kinder hatten wir mit dir viele Sommer in diesem Landhaus verbracht: Nach vorne hin hatte es einen schönen Garten mit vielen Rosen und einem duftenden Fliederstrauch, der bis an die Schlafzimmerfenster im ersten Stock hinaufreichte. Hinter dem Haus gab es einen Gemüse- und einen Obstgarten mit Birn- und Apfelbäumen, in denen wir mühelos herumkletterten, einem großen Feigenbaum und zwei riesigen Aprikosenbäumen, aus deren aromatischen Früchten du jedes Jahr leckere Marmelade kochtest. Das Haus war früher von der Mutter und dem Bruder deines Vaters bewohnt worden, jenem Onkel Dalmazio, den die Familientradition und eine strenge Mutter dazu gezwungen hatten, Arzt zu werden und seine Natur als Schöngeist zu verleugnen. Er hatte nie geheiratet und war früh, noch vor der Urgroßmutter, gestorben; das Haus und die große Bibliothek waren danach in den Besitz seines einzigen Bruders übergegangen. Viele seiner Bücher stehen nun bei mir, andere bei Gianfranco, und ich habe es häufig bedauert, dass dieser so traurige und sensible Mensch, der alle bedeutenden Schriftsteller des 19. Jahrhunderts gelesen hatte, angefangen bei den Russen, über die Franzosen und Engländer bis hin zu den Amerikanern, noch vor meiner Geburt gestorben war.

Während der Sommerferien bei der Großmutter lernte ich für ein paar wichtige und schwierige Prüfungen und langweilte mich ziemlich. Die Entscheidung, Großmutter in den Ferien Gesellschaft zu leisten, hatte ich nicht wirklich aus freien Stücken getroffen. Das Angebot war zwar von mir ausgegangen, doch als Ergebnis rührseliger Reden seitens der Großmutter einerseits, die sich über ihr Alter und ihre Einsamkeit beklagte, und der expliziten Ermutigung meines Vaters, der in jenen ersten zehn Jahren ohne dich den engen Kontakt mit seiner Schwiegermutter aufrechterhalten hatte und fand, dass wir ihr gegenüber Verpflichtungen hatten. Auch Gianfranco vertrat diese Meinung, wenngleich er sich selbst seinen Enkelpflichten entzog, schließlich war er ein Mann, hatte das Studium gerade abgeschlossen und zu arbeiten begonnen. Auch ich gab meinem Vater recht, obwohl ich mich heute frage, wie ein einundzwanzigjähriges Mädchen sich dazu entschließen kann, drei Wochen mit einer sechsundsiebzigjährigen Dame zu verbringen. Dir kann ich es ja sagen, weil ich weiß, dass du mich heute verstehen würdest und mich damals verstanden hättest: Dieses Pflichtgefühl war etwas ganz anderes als Liebe, wenngleich es zweifellos mit der Patina der Liebe überzogen war und den geheimnisvollen Blutsbanden entsprang, die, so heißt es, den Menschen vom Tier unterscheiden.

Großmutter war im Übrigen eine eigenartige Person. Sie gab uns die ordnungsgemäßen Küsschen, machte uns zu allen wichtigen Festen die ordnungsgemäßen Geschenke und hegte ansonsten große Bewunderung für Papa. Diese rührte aus der Zeit, als Großvater während einer Ferienreise nach Hongkong unerwartet verstorben war und Papa hingeflogen war, um ihn zurückzuholen. Dabei hatte er nicht nur all die komplizierten Formalitäten für die Überführung des Leichnams nach Italien erledigt, sondern gleichzeitig der Großmutter beigestanden, die trauernd und am Boden zerstört zwischen all den Chinesen gesessen hatte. Dennoch gab es zwischen mir und Großmutter eine unüberwindliche Barriere, eine Fremdheit, die nicht nur auf den Altersunterschied zurückzuführen war. Heute weiß ich, es war unterbewusst der Gedanke, dass ihr beide euch nicht besonders grün gewesen wart, der mich deiner Mutter entfremdete und mich in ihrer Anwesenheit immer irgendwie befangen machte. Es war der Verdacht, dass sie nicht sehr unter deinem Tod gelitten hatte, während sie uns wiederum als ganz normale Enkel ansah, wie sie gerne wiederholte, ebenso unsere Cousinen, die noch eine Mutter hatten. Mir kommen die Tränen vor Wut, wenn ich daran denke, wie ich dich in jenen Jahren in der Rolle der liebenden Tochter vertreten musste, der du dich höchstwahrscheinlich, wärst du noch am Leben gewesen, entzogen hättest. Doch nun, wo ich mir endlich das Recht zugestehe, nicht immer verständnisvoll und wohltätig zu sein, wo ich die Vorstellung, auch die andere Wange hinzuhalten, für das Produkt einer fehlgeleiteten Moral halte, verbinde ich in meiner Lebensbilanz die liebste Erinnerung an meine Großmutter damit, dass sie mich die Zubereitung der Schokoladencreme gelehrt hat. Dass dies in jenem Haus geschah, wertet die Erinnerung zusätzlich auf. Während eines unserer Kindheitssommer dort hatte ich nämlich beim Spielen mit Gianfranco unter dem Laubengang etwas Schreckliches erlebt: Ich war über die Wiese gerannt, um den Ball zu holen, und stand plötzlich vor einem ekligen Reptil, einer dieser schwarzen, langen, fetten Nattern, die im Piemont »miraude« heißen. Sie lag nur dreißig Zentimeter von mir entfernt und züngelte wie in einem Zeichentrickfilm. Auf meinen verzweifelten, angstvollen Schrei hin kamen du und Papa angelaufen. Dann begann eine Art Safari, denn das Tier wollte sich in einem Abfluss der Regenrinne verkriechen, und Papa packte es filmreif am Schwanz, schwang es nach rechts und nach links, um ihm schließlich den Kopf an einer Säule des Laubengangs zu zerschmettern. Dieses grausige, eindrucksvolle Spektakel versetzte meine Brüder in helle Begeisterung, ich dagegen erlitt den ersten hysterischen Anfall meines Lebens. Erst nachdem du mir zwei saftige Ohrfeigen gegeben hattest, wichen meine Schreie und Tränen endlich einem Schluchzen, das immer leiser wurde und schließlich erstarb. In diesem Moment nahmst du mich in die Arme, gabst mir einen Kuss und trugst mich in die Küche. Dort bekam ich dann – als weiteren süßen Trost – ein Schüsselchen Schokoladencreme, die du für die Großeltern zubereitet hattest, welche zum Abendessen angemeldet waren.

Mein Freund mochte den Nachtisch sehr, wie im Übrigen alles, was ich für ihn kochte, wenn es uns einmal gelang, ein Wochenende gemeinsam zu verbringen. Ich glaube, er war meine erste große Liebe, wenn man dieses Etikett verwenden will, obwohl auch meine Beziehung zu ihm verändert aus den Tiefen der Erinnerung auftaucht. Im Rückblick war er ein liebenswerter und liebevoller Mensch, und ich weiß, dass uns eine große Zärtlichkeit und eine starke Begierde verband, wenngleich beides noch schüchtern war und daher kontrolliert. In meinen Heften habe ich alle Stationen dieser Beziehung festgehalten, von der vorsichtigen Annäherung, den ersten Schäferstündchen, dem ersten gemeinsamen Urlaub, bis zu den gemeinsamen Lebensplänen, dem Wunsch, zusammenzuziehen, Kinder zu haben, einen Hund anzuschaffen. Das Ganze währte sechs Jahre, von meinem 18. bis 24. Lebensjahr. Als dann mit dem Ende meines Studiums allmählich auch die Hindernisse für die Verwirklichung dieser Träume verschwanden, tauchen auf den Heftseiten meine Zweifel auf, das Gefühl von Einsamkeit, die Sehnsucht nach etwas anderem, das sich nicht näher definieren ließ, die unvermeidlichen Schuldgefühle. Wer weiß, wie du diese Beziehung beurteilt hättest und meine Entscheidung, sie zu beenden; ich glaube, dass Papa, wenngleich er meinem Freund immer mehr als höflich begegnete, sehr erleichtert darüber war, obwohl sie mir so offensichtlich schwerfiel. Wahrscheinlich fand er, dass wir nicht zueinander passten, da er weniger gebildet war als ich und wir unterschiedliche Interessen hatten. Vielleicht merkte er aber auch, dass die Distanz zwischen uns auf einer anderen Ebene zu suchen war, die ich mir nicht anders erklären kann als in der unterschiedlichen Art, die Gegenwart zu sehen und sich die Zukunft vorzustellen. Einmal, als wir über ihn sprachen und die Großmutter ihn einen »guten Jungen« nannte, begann Papa instinktiv, das Geburtstagslied vom »Jolly Good Fellow« zu trällern. Damals versetzte mir sein leiser Spott einen Stich, doch in dem langen Jahr zwischen meinen ersten Zweifeln und der Entscheidung, ihn zu verlassen, wurde Papas trällernde Stimme zur Stimme meines Gewissens, das mich quälte und von mir forderte, der Realität ins Auge zu blicken, mir die Wahrheit einzugestehen. Das Ende dieser Liebe war für mich eine persönliche Niederlage, und der einzige

Trost für meinen verletzten Stolz lag in dem Gedanken, dass ich nicht du war und er vor allem nicht Papa. Ich weiß, dass bei meinen Heiratsplänen die Vorstellung, ich müsse deinen Weg weitergehen, ich könne dein unterbrochenes Werk zu Ende bringen, eine grundlegende Rolle spielte, doch das ist erst eine Erkenntnis aus jüngerer Zeit. Damals war mir alles in einem anderen Licht erschienen: Ich hatte mir immer wieder gesagt, dass ich keine Kopie von dir sei und mein Freund keine Kopie von Papa, und mich dadurch der Kraft und Ehrlichkeit meiner Gefühle versichert. Mit der Zeit jedoch, als mir dieser Unterschied zur Gewissheit geworden war, löste sich die große Liebe allmählich auf, erschienen mir meine fünfundzwanzig Jahre als zu wenig, um mich in den Käfig der kleinbürgerlichen Beschaulichkeit einsperren zu lassen. Und die lang erträumte Zweizimmerwohnung mit Seeblick nahm in meinem Geist die Züge eines Gefängnisses an, während die künstlerischen Ambitionen aus Schulzeiten plötzlich wiederaufloderten wie Feuer unter der Asche.

Warum sie zu Asche geworden waren, ist

nicht leicht zu sagen, und es wäre nicht ehrlich und nicht fair, allein meinen Freund dafür verantwortlich zu machen. Ich glaube vielmehr, dass die Uni auf meine Träume vom Ruhm eine sehr viel zerstörerischere Wirkung hatte als meine Beziehung. Vor allem die auf dem Gymnasium gepflegte Illusion, an der Uni würde man nur studieren, was einem Spaß macht, die mir über die langen Physik- und Chemiestunden hinweghalf und die nach wenigen Monaten Studium ihr trauriges Ende fand. Die Desillusionierung war umso schlimmer, als meine erste Prüfung in italienischer Literatur die *Göttliche Komödie* behandelte. Ein Jahr lang hatte ich den Kurs besucht und endlose Stunden über mich ergehen lassen, in denen von Dante leider so gut wie gar nicht die Rede gewesen war. Dann hatte ich monatelang mit Feuereifer gelernt, um mich am entscheidenden Tag über Dantes Zeitgenossen ausfragen lassen zu müssen, den Prosaisten Dino Compagni, die Brüder Villani und Ähnliche mehr. Die einzige Frage zum Epos selbst lautete: »Welches ist Ihr Lieblingsgesang?« Ich antwortete vielleicht banal, aber ehrlich: »Der siebzehnte des Paradieses«, woraufhin man mich fragte, ob das vielleicht mit einem persönlichen Hang zum Aberglauben zusammenhinge. Kaum zwanzig Minuten, achtundzwanzig von dreißig erreichbaren Punkten, aber eine der schlimmsten Enttäuschungen meines Lebens, die so arg war, dass ich zwei Monate später sogar die Uni wechselte. Dieses Mal erhob Papa keinen Einspruch gegen meine Entscheidung, zumal die Staatliche Hochschule wesentlich billiger war als die Katholische. Um ehrlich zu sein, weiß ich nicht einmal, was mich an einen so ideologisch ausgerichteten Ort gelockt hatte, vielleicht sein Ruf von Seriosität und Effizienz, die mir damals als essentielle Bestandteile jeder Institution erschienen waren. Mit dem Wechsel zur Staatlichen Universität blieben mir auch Prüfungsthemen wie »Theologie des Ehesakraments und der katholischen Jungfräulichkeit« erspart, doch die Begeisterung von einst war unwiderruflich dahin. Ich habe viele wundervolle Dinge bei wundervollen Dozenten gelernt, viele wundervolle Dinge bei mittelmäßigen Dozenten, viele mittelmäßige Dinge bei mittelmäßigen Dozenten; vor allem aber habe ich verstanden, dass Textkritik fast nichts mit Kreativität zu tun hat. So habe ich nach und nach die Waffen meiner künstlerischen Anwandlungen gestreckt und mich vom Mittelalter und seiner Philologie fesseln lassen, einer Welt, der ich mich vielleicht näher fühlte als der modernen Literatur. Inzwischen bekam die Idee der Selbstverwirklichung immer mehr die Züge der berühmten Zweizimmerwohnung mit Seeblick. Die letzte Studienzeit, die nicht enden wollenden eineinhalb Jahre, in denen ich an einer über weite Strecken sinnentleerten Examensarbeit schrieb, erscheinen mir heute wie ein schwarzes Loch in meinem Leben. Doch ich verstehe, dass die Unzufriedenheit jener Zeit, die Langeweile, das Gefühl der Zeitverschwendung und der bevorstehenden Katastrophe auf eine Reihe von Begleitumständen zurückzuführen waren: Es lag nicht nur daran, dass ich mit jemandem zusammen war, den ich nicht mehr liebte, und auch nicht an dem armen anglonormannischen Dichter Wace. Das eigentlich Neue dieser Jahre lag in der Rolle, die ich nach und nach in der Familie eingenommen hatte, in der Verantwortung, die sich immer mehr auf meine Schultern gewälzt hatte.

Gianfranco hatte geheiratet, Marisa war nach Turin zurückgekehrt, um ihre alten Eltern zu pflegen, und Papa hatte sich entschlossen, sie nicht zu ersetzen. Wir hatten immer noch die Haushaltshilfe, die jeden Tag für ein paar Stunden kam und die gröbsten Arbeiten erledigte, zuerst eine ganz tüchtige und ehrliche Frau aus Lettland oder Litauen – das habe ich vergessen, ich weiß nur noch, dass sie tödlich beleidigt war, wenn man sie für eine Russin hielt – und danach eine nicht minder tüchtige, aber entschieden weniger ehrliche Frau aus Mantua. Die Aufgabe jedoch, die Frauen anzuweisen und den Haushalt zu führen, einzukaufen und zu kochen, lag ganz allein bei mir. Aus heutiger Sicht erscheint mir das eine allzu schwere Last, doch damals fand ich es ganz normal, in Ordnung, unausweichlich: das Gefühl der Machtlosigkeit, das mich überkam, wenn die Signora aus Mantua mir astronomische Rechnungen aus der Reinigung präsentierte, während ich den Verdacht hegte, dass sie unsere Strickjacken bei sich zu Hause wusch; das

Gefühl der Frustration, das aus dem ständigen Überschreiten des monatlichen Budgets erwuchs, das ich mir selbst setzte; die Verzweiflung, die mich beim Abendessen überkam, wenn Chicca nicht essen wollte, Lele sich beschwerte, weil ich niemals Gnocchi mit Gorgonzolasauce kochte, und Paolo mit dem Auszug drohte für den Fall, dass ich es täte, oder wenn Papa zu mir sagte, die Äpfel, die ich gekauft hatte, hätte man zu seiner Zeit an die Schweine verfüttert. Heute glaube ich, dass du an meiner Stelle alle zum Teufel gejagt hättest. Doch damals dachte ich, dir wäre das einfach nicht passiert, du hättest dich niemals mit den Rechnungen, dem Essen oder dem Einkauf geirrt, hättest dich nicht von einer Haushaltshilfe hinters Licht führen lassen, denn du warst eben Olivella und ich Maria Rosa. In meinen Heften schrieb ich damals, dass ich am liebsten heiraten würde, um nur noch für zwei kochen zu müssen, aber ich weiß nicht, ob das ernst gemeint war. Meine Liebe zum Kochen jedenfalls muss ziemlich groß gewesen sein, dass sie bestimmte Prüfungen überstand. Meine Liebe zu meinem Freund hingegen war nicht groß genug, um mich von zu Hause wegzulocken. Vielleicht habe ich deshalb nicht geheiratet, weil ich diesen Mann nicht genug liebte und dachte, dass ich mich früher oder später auch anderswie aus dem familiären Joch würde befreien können. Und in der Tat habe ich mich, wenige Monate nachdem ich meinen Freund verlassen hatte, leidenschaftlich in einen noch unpassenderen Mann verliebt – zumindest aus Sicht meines Vaters, der ihn aus ganzem Herzen verabscheute. Dieser Neue verließ mich allerdings nach sechs Monaten und beliebte mir diese Entscheidung per Telefon mitzuteilen, zwei Stunden nach meiner mündlichen Abschlussprüfung.

So trafen mein Uniabschluss und mein Liebeskummer genau mit dem Sommeranfang zusammen. Nach zehn Tagen der totalen Verzweiflung, des Hungerns, Weinens und der Baldriantabletten lud mich Gabriella ein, mit ihr für ein paar Tage in ihr Haus am Meer zu fahren. Sie war kaum besser dran als ich, merkwürdigerweise war es uns ganz ähnlich ergangen: Auch sie hatte nach dem Examen ihren langjährigen Freund verlassen, und auch sie hatte in den darauf folgenden Monaten eine leidenschaftliche Liebesbeziehung durchlebt, die genau wie meine plötzlich und schmerzlich geendet hatte. So bot uns dieser Aufenthalt am Meer Gelegenheit, unsere Freundschaft aufzufrischen – in einem für beide besonders schwierigen Moment. Normalerweise treffen Freunde sich ja in Momenten der Not, weil man meint, der eine brauche die Unterstützung des anderen. In unserem Fall stützten wir uns gegenseitig und versuchten, es der jeweils anderen durch den eigenen Kummer nicht noch schwerer zu machen, was unseren Ferientagen eine geradezu therapeutische Wirkung verlieh. Es war das erste Mal, dass wir ohne ihren oder meinen Familienanhang beisammen waren und dass wir uns unsere Zeit ganz nach Belieben einteilen konnten – wann wir einkaufen gingen, wie lange wir schliefen, wann wir spazieren oder an den Strand gingen, wann wir uns sonnten oder badeten und wann wir zu Abend aßen. Wir befanden uns beide am gleichen Punkt im Leben; wir hatten das Studium beendet und mussten nun entscheiden, wie es weiterging. Sie hatte die

Aussicht, das Studium fortzuführen und sich auf eine Doktorandenstelle zu bewerben, um sich so noch länger mit ihrem geliebten Barock beschäftigen zu können. Ich hingegen hatte mit meinem geliebten Mittelalter keine solche Aussicht, da die Situation an der Uni diesbezüglich ungünstig war. Also meldete ich mich zu den normalen Bewerbungsverfahren für Lehramt an weiterführenden Schulen, erzählte aber gleichzeitig jedem, Gabriella eingeschlossen, dass ich im Leben anderes vorhatte, wenngleich ich nicht genau wusste, was. Jedenfalls sah ich in jenem Juli am Meer und dem sich anschließenden August in den Bergen meiner Zukunft recht heiter und optimistisch entgegen. Ich hatte mir die Wunden geleckt, bis sie verheilt waren, so schien es mir wenigstens, und auch den Gedanken an dich hatte ich wieder verdrängt. Auch wenn ich in jenen Tagen am Meer zum ersten Mal nach vielen Jahren der Freundschaft mit Gabriella die eine oder andere Kindheitserinnerung ausgetauscht hatte, während ich in ihrer Küche mit dem Marmortisch eine Pastasoße oder gebratene Zucchini zubereitete, wie du es mir vor langer Zeit gezeigt hattest.

Gefüllte Eier

6 Eier

160 g Thunfisch aus der Dose

2 in Salz eingelegte Sardellen

1 TL Kapern

gehackte Petersilie

Mayonnaise
zum Dekorieren

Die Eier in einen Topf mit Wasser legen, das Wasser zum Kochen bringen und zehn Minuten köcheln lassen. Die Eier unter laufendem Wasser abkühlen, pellen und der Länge nach halbieren. Sardellen von Salz und Gräten säubern, zusammen mit Kapern, Thunfisch und Petersilie im Mixer pürieren. Die hartgekochten Eigelbe hinzugeben und mit zwei Esslöffeln Olivenöl verrühren, bis eine sämige, etwas zähe Masse entsteht. Damit großzügig die Eierhälften füllen. Wer mag, kann die Eier mit Mayonnaise und Kapern verzieren.

Im September nach dem Examen begab ich mich wohl oder übel auf Arbeitssuche. Auf den Anzeigenseiten des *Corriere* stieß ich auf das Inserat eines »Redaktionsbüros«, das junge, hervorragende Geisteswissenschaftler mit abgeschlossenem Studium suchte. Im Vorstellungsgespräch stellte ich fest, dass es sich um eine dieser Agenturen handelte, die Noch-Studenten beim Verfassen ihrer Examensarbeit unterstützten, indem sie die Aufgabe jungen und hervorragenden Geisteswissenschaftlern mit abgeschlossenem Studium übertrugen, in diesem Fall mir. Das Ganze bewegte sich am Rande der Legalität und ich erinnere mich nur sehr ungern daran, und doch muss ich gestehen, dass ich ein paar Aufträge der Agentur annahm und so tat, als wüsste ich nicht, worum es sich handelte. Mein

Pflichtbewusstsein war so groß, dass ich mich mit einem Elan und Ehrgeiz auf diese schlecht bezahlten Jobs stürzte, die durchaus einer besseren Sache würdig gewesen wären. In einem Fall vertiefte ich mich sogar dermaßen in das Thema, die Textkritik Dantes eines bekannten deutschen Philologen, dass eine wirklich spannende und überzeugende Arbeit entstand, die ich als echte kulturelle Bereicherung empfand und mit der ich mich über die karge materielle Bereicherung hinwegtröstete. Im Übrigen machte ich in der Zwischenzeit wenig erfreuliche Erfahrungen, indem ich mich auf Anzeigen bewarb, die ganz erstaunliche Tätigkeitsfelder versprachen, sich am Ende jedoch als Schwindel entpuppten. Mein Vater vermittelte mir schließlich über die Frau eines Kollegen ein Vorstellungsgespräch bei einer Frauenzeitschrift. Auch das war ein grauenhafter Rückschlag für mein Selbstbewusstsein, denn die Dame, die das Gespräch mit mir führte, war angesichts der Wortkombination »romanische Philologie« in schallendes Gelächter ausgebrochen und hatte mich aufgefordert, zur Vorlage bei der Chefredakteurin doch lieber einen Artikel zu schreiben, der die Leserinnen mit Sicherheit interessieren würde, wie zum Beispiel über die Zubereitung eines Hammelbratens nach irischem Rezept. Vielleicht habe ich auch in diesem Fall zu schnell das Handtuch geworfen, doch während jener knappen halben Stunde fühlte ich mich wie ein Fisch auf dem Trockenen, und der Wunsch, Dante zu verteidigen, der dies gar nicht nötig hatte, verband sich unauflösbar mit dem Gefühl meiner eigenen Unzulänglichkeit.

Es war mir zum dringenden Bedürfnis geworden, etwas eigenes Geld zur Verfügung zu haben, denn durch die Haushaltsführung jener Jahre hatte ich eine ganz besondere Beziehung zum Geld entwickelt. Papa hatte nie Rechenschaft über meine Ausgaben gefordert, ich genoss absolute Freiheit über sein Bankkonto, doch gerade dieses Vertrauen bereitete mir große Probleme. Ich hatte das Gefühl, dass nie genug Geld da war, ich vertat mich in den Monatsbudgets, ich merkte, wie schwierig und belastend es ist, eine fünfköpfige Familie zu ernähren, und in meinem immer noch kindlichen Bemühen, Papa zu helfen, versuchte ich meine eigenen Bedürfnisse hintanzustellen. So kaufte ich mir selten neue Kleidung und erlaubte mir kaum eigene Wünsche. Dafür entwickelte ich einen geradezu perversen Trick, der darin bestand, dass ich mir so lange etwas wünschte, bis sich der Wunsch nach und nach abschwächte und schließlich keine Bedeutung mehr hatte. Ich glaube, dass Papa nicht das Geringste davon ahnte, dass ich mir ständig selbst Frustrationen bereitete. Im Gegenteil, häufig warf er mir meine mangelnde Eitelkeit vor und sagte, ich solle mir ein Beispiel an Chicca nehmen, die wie jeder Teenager viele Wünsche und kein Problem damit hatte, sich bestimmte Kleidungsstücke einfach schenken zu lassen. Meine Beziehung zu Kleidern hingegen war sehr schwierig und spiegelte das schlechte Verhältnis wider, das ich in jenen Jahren zu meinem Körper und meiner Weiblichkeit hatte. Ich fand mich hässlich und dick und tröstete mich damit, dass in Wirklichkeit nur die Intelligenz zählte, von der ich wiederum meiner Meinung nach mehr als genug hatte. Vielleicht stimmt es, dass alle Teenager die Phase des hässlichen Entleins durchlaufen, doch bei mir dauerte diese

Phase bis weit über die Pubertät hinaus, und ich kann sagen, dass ich sie erst in den letzten Jahren hinter mir gelassen habe. Das war nun wirklich ein Lebensbereich, in dem mir deine Anleitung, deine Führung und der Vergleich mit dir fehlten. In einer Familie mit vielen Brüdern ist es unausweichlich, dass die Mädchen häufig Opfer mehr oder weniger grausamer Späße werden. Eines Tages zum Beispiel, als wir noch in Turin wohnten, hatte Lele, um bei einem ganz normalen, banalen Streit das letzte Wort zu behalten, mich angeschrien: »Und rasier dir gefälligst den Bart ab!« Wärst du da gewesen, hättest du ihn als gute Mutter zurechtgewiesen und mich getröstet. Doch du warst nicht da, und so schloss ich mich verletzt und weinend im Bad ein und rasierte mir, ungeachtet der Existenz von Enthaarungscremes oder Färbemittel, tatsächlich die Härchen auf der Oberlippe ab, die nur umso schneller und kräftiger wieder nachwuchsen. Später dann, als Chicca älter wurde, definierten sich auch unsere Rollen: Sie war die hübsche und ich die kluge Schwester, so dass wir genau in das Stereotyp passten, das selbst die einfühlsamsten und klügsten Männer brauchen, um sich mit der Weiblichkeit in Beziehung zu setzen. Heute frage ich dich, frage ich mich selbst, was ich sie nicht zu fragen wage, ob Chicca nämlich meinen Frust spiegelbildlich genauso erlebte, ob sie sich jahrelang genauso dumm fühlte wie ich mich hässlich. Allerdings sind Worte vielleicht manchmal weniger geeignet und weniger wichtig als Taten: Seit einiger Zeit schenkt meine Schwester mir zu Weihnachten enge und bunte Kleider, ich wiederum leihe oder schenke ihr Bücher, wenn sie mit Fieber zu Hause im Bett liegt. Auf diese Weise fühlen wir uns beide, ohne darüber sprechen zu müssen, gegenseitig für so viel sinnlosen Schmerz entschädigt.

Wenn ich Kleider kaufen ging, siegte am Ende immer der schreckliche »gesunde Menschenverstand« über die Eitelkeit, die ich zwar irgendwo tief im Innern spürte, aber voller Empörung von mir wies. Wenn ich in einem Schaufenster einen kurzen, engen Rock sah, vielleicht noch in einem schönen Knallrot, träumte ich wochenlang davon, bis ich mir schließlich sicher war, dass ich grauenhaft darin aussehen würde.

Oder ich betrat ein Geschäft, weil ich in der Auslage ein Kleidungsstück gesehen hatte, probierte es aber dann nicht einmal an, sondern kam stattdessen mit einem zwei Nummern zu großen Pulli wieder heraus oder in einer unfehlbaren Männerhose in möglichst neutraler Farbe – Perlgrau, Dunkelgrün, Beige, nur ja kein Schwarz, Rot oder Weiß, alles Farben, die mir besser stehen und die ich mittlerweile bevorzuge. Papa seinerseits war immer äußerst elegant und modisch gekleidet und muss daher angesichts meines schlechten Geschmacks verzweifelt gewesen sein. Manchmal lud er mich fast gewaltsam ins Auto und fuhr mit mir in eine Boutique im Zentrum, zumeist eine, deren Durchschnittskundinnen um die fünfzig waren, um mir dort wahnwitzig teure Kleider zu kaufen, die weder grau noch rot, sondern meistens pink oder türkis waren, und die ich gequält akzeptierte. Es bereitete mir fast körperliche Schmerzen, in meinen unförmigen Hosen und Pullis diese Tempel der rückgewandten Eleganz betreten zu müssen, wo Papa schöne Geschenke für dich hätte erstehen können. Mit einem Augenzwinkern sagte er, selbst gutaussehend und attraktiv, zu den gutaussehenden und attraktiven Verkäuferinnen, allesamt mit Schmuck behängt und perfekt geschminkt: »Bitte helfen Sie mir, meine intellektuelle Tochter einzukleiden.« Ich glaube, er wollte mich dadurch anspornen, auf diesem Gebiet etwas mehr Ehrgeiz zu entwickeln, während er gleichzeitig stolz meine geistigen Vorzüge unterstrich. Doch für mich waren diese Touren immer Stunden der Demütigung, und abends im Bett, wenn Chicca schon schlief, weinte ich heiße Tränen und schwor mir, mir in naher Zukunft selbst schöne Kleider zu kaufen, Kleider, die zu mir passten. Es gelang mir allerdings nie, diese Vorsätze umzusetzen, und so wiederholten sich nach einiger Zeit der Boutiquenbesuch und die Demütigung. Tatsache ist, dass ich, um mir schöne Kleider zu kaufen, ebenso viel Begeisterung dafür hätte aufbringen müssen wie für Bücher. Das gelang mir aber nicht, weil mein stets verhüllter Körper eine viel schwächere Stimme hatte als mein Geist, der glitzerte wie ein Diamant.

Du warst immer sehr dünn, selbst nachdem du fünf Kinder auf die Welt gebracht hattest, und ich fand mich ungeheuer dick, wenngleich ich nur eine sehr kurze Zeit meiner Jugend wirklich übergewichtig war. Der Spiegel war jedoch derselbe, der den leichten Flaum auf meiner Oberlippe in einen bösen Damenbart verwandelt hatte. Ich erinnere mich an deine Kleider, schmale, wadenlange Röcke, Seidenblusen, verschiedenfarbige Twin-Sets. Eines hatte es mir besonders angetan, es war rot und hatte ein weiß-blaues Wellenmuster um Kragen, Armbündchen und Taschen. Ich sehe dich noch vor mir, in Stöckelschuhen, mit einer Perlenkette um den Hals, die Haare immer ordentlich frisiert und mit einem Hauch Lippenstift. Mir schien der Kampf von vornherein verloren; ich glaubte, Papa wolle mir helfen, die gleiche Eleganz zu erlangen wie du, wusste aber, dass ich ihn niemals würde zufriedenstellen können. Ich fühlte mich plump, wagte es nicht, Bein zu zeigen, konnte mich nicht richtig schminken. Die Kleider sind unser Aushängeschild zur Welt, sie sind der wirkungsvollste Weg, etwas mitzuteilen, und ich fühlte mich in jenen Jahren quasi in deine Fußstapfen gesetzt. Da sie jedoch viel zu groß für mich waren, litt ich darunter.

Noch heute fühle ich mich unbehaglich, wenn ich daran denke, dass es mir nicht gelang, meinen eigenen Stil zu finden, und gleichzeitig weiß ich, dass ich es niemals geschafft hätte, wenn ich zu Hause geblieben wäre.

Um auszuziehen und alleine zu leben, musste ich eine Arbeit haben, doch das wurde mir erst klar, als ich tatsächlich mein erstes eigenes Geld verdiente. Meine anfänglichen ernüchternden Arbeitserfahrungen hatten mich mehrere Monate gekostet. Im November dann bekam ich ganz unerwartet das Angebot für einen Zeitvertrag als Vertretungskraft an einer Schule. Mein attraktiver Ex-Italienischlehrer, mit dem ich dank gemeinsamer Freunde wieder in Kontakt stand, war dort Direktor. Da mich der provisorische Charakter der Beschäftigung beruhigte, beschloss ich anzunehmen, wenngleich es mir wie Verrat an den eisernen Vorsätzen aus meiner Gymnasialzeit vorkam, als ich das Unterrichten in meinen Heften als eine Form der Prostitution bezeichnet hatte. Ich bekam eine einzige Klasse – neunundzwanzig Mädchen der Mittel- und Unterschicht, die die vierjährige Oberschule für Grundschullehrerinnen begannen –, und musste mir praktisch alles selbst erarbeiten, auch wenn ich mit der eigentlichen Lehrerin, die im Mutterschaftsurlaub war, in Kontakt stand und auch der befreundete Schulleiter diskret ein Auge auf mich hatte. Es war eine merkwürdige Erfahrung, schwierig und oft genug frustrierend, aber dann auch wieder reich an jener schwer zu erklärenden Faszination, die unsere Beziehungen zu anderen Menschen ausmacht, seien sie gewollt oder zufällig. Noch heute erinnere ich mich lebhaft an diese Teenager, die jetzt Frauen sind, an ihre Gesichter, zum Teil sogar an ihre Namen und Familienverhältnisse, an ihre Träume. Die Gespräche mit ihren Eltern waren mir immer äußerst unangenehm, obwohl mir nie jemand mein jugendliches Alter oder meine Unerfahrenheit zum Vorwurf machte. Ich fühlte mir plötzlich eine Wichtigkeit übertragen, die ich anfangs nur schwer akzeptieren konnte, und am erstaunlichsten war es zu sehen, wie mein Ansehen in ihren Augen nach und nach wuchs. So spielte ich quasi gegen meinen Willen eine Rolle, die ich niemals angestrebt hatte, die mir aber gar nicht so sehr missfiel. Eine Unterrichtsstunde ist mir in besonderer Erinnerung geblieben: Ich hatte die Mädchen »An meine Frau« von Umberto Saba lesen lassen und das Gedicht mit viel Herzblut für sie interpretiert. Mit der Lektüre meines Studiums im Gepäck hatte ich den symbolischen Gehalt des Huhns, der Hündin, des Kaninchens erläutert, mit denen Saba seine Frau vergleicht, hatte – ausgehend von meiner persönlichen Betroffenheit – zu verdeutlichen versucht, welche Kraft der ehelichen Liebe innewohnt, die der Text in meinen Augen feierte und die auch ich früher oder später in meinem Leben kennenzulernen hoffte. Am Ende meiner Interpretation meldete sich eine Schülerin und meinte: »Wenn mein Vater so was zu meiner Mutter sagen würde, bekäm er eins aufs Maul.« Daraus entstand eine lange Diskussion unter den Schülerinnen, die ihr quasi geschlossen zustimmten, und innerlich musste ich über den Kommentar lächeln. Aus der Distanz der Jahre betrachtet scheint mir die Episode eine wirkungsvolle Mahnung an den Sinn meiner Arbeit, meines Lebens zu sein: Ich frage mich, was wir einander tatsächlich mitteilen können, in diesem sogenannten Zeitalter der Kommunikation, und wie viel unseres täglichen Bemühens darum nicht eher eine Kommunikation mit uns selbst ist, ein innerer Dialog unserer verschiedenen Ichs. Vielleicht bringt meine Arbeit im Vergleich zu anderen Tätigkeiten bestimmte Fragestellungen mit sich, denn mir fällt auf, wie sich mein Verständnis mancher Texte im Laufe der Zeit verändert. Diverse Autoren sind über die Jahre hinweg starken Schwankungen in meiner Gunst unterworfen, und manchmal entwickelt ein Text, der für mich früher eher Pflichtlektüre war, eine eigene unerwartete Kraft, dafür verliert ein anderer, den ich immer geliebt habe, noch während der Interpretation seinen Sinn und kommt mir plötzlich völlig leer vor. »An meine Frau« gefällt mir immer noch und ich lasse es weiterhin lesen, doch es berührt mich wesentlich weniger, seitdem ich mich frage, ob ich die trächtige Kuh bin oder die weise Ameise, seit ich mich frage, ob du es warst oder ob auch Papa »eins aufs Maul« bekommen hätte.

Für die Frauen deiner Generation war es

normal, zu Hause zu bleiben. Unter den Müttern meiner Freundinnen war Marzias Mutter die Ausnahme und nicht die Regel, und auch du warst Hausfrau und verstandest dich als solche. Für mich und meine Altersgenossinnen ist es umgekehrt, unter meinen weiblichen Bekannten ist nur eine Vierzigjährige, die sich ausschließlich um ihre Kinder kümmert. Und ich glaube, dass diese Revolution, die sich im Laufe einer Generation vollzogen hat, die Gesellschaft, in der ich lebe und die du nicht mehr erleben konntest, von Grund auf prägt. Dabei ist es immer noch schwierig, besonders in bestimmten Kreisen, bei Leuten eines bestimmten Alters, das Vorurteil auszuräumen, dass es Berufe gibt, die für Frauen geeigneter oder aber weniger geeignet sind. Ich glaube, das hängt eng mit jener zweiten, ebenso schwer auszuräumenden Vorstellung zusammen – diesmal unabhängig von Schichten und Altersstufen –, dass nämlich Frauen zuerst einmal danach streben müssen, Mutter zu werden. Wer weiß, ob du wirklich nur Mutter sein wolltest, wer weiß, ob du in deinen Augen ausschließlich oder vor allem Mutter warst. Was mich betrifft, so habe ich viele, zu viele Jahre geglaubt, dass ich mich nur mit einem Kind verwirklichen könne, ein Kind, das ich jedoch mit Hilfe von Verhütungsmitteln um jeden Preis zu verhindern suchte. So fand ich mich also in einem Job wieder, den Papa für den idealen Job einer Frau mit Kindern hielt, und während er dies sagte und ich es hörte, dachten wir beide an eine virtuelle Familie – an die, die ich in Zukunft haben würde. In Wahrheit aber waren die Kinder, für die mir der Beruf viel Zeit ließ, die seinen, die deinen.

In jenem Vertretungsjahr legte ich sämtliche Prüfungen für das Bewerbungsverfahren auf eine feste Stelle ab, zuerst die schriftlichen, dann die mündlichen, und das so erfolgreich, dass ich gerade mal ein Jahr nach meinem Examen einen Einstellungsvertrag in der Tasche hatte. Alles war so schnell gegangen, dass ich es kaum realisiert hatte, und an dem Tag, als schließlich die offizielle Benachrichtigung kam, war ich sehr erstaunt. Daher sagte ich zu meinem Vater, als sei es das Natürlichste auf der Welt: »Aber ich will doch gar nicht Lehrerin werden!« Das war der

Punkt, an dem er mir die Rede über mehr oder weniger geeignete Frauenberufe hielt und vor allem darüber, dass ich es mir nicht leisten könne, das Angebot auszuschlagen, die Zeiten seien nicht mehr wie damals, als er zu arbeiten begonnen habe. Individuelle Fähigkeiten seien keine Arbeitsplatzgarantie mehr und mit dem Beamtenstatus sei ich doch am besten abgesichert. Ich wiederholte ihm und mir selbst, dass ich dafür nicht studiert hätte, wusste aber keine Antwort auf seine Frage »Wofür hast du denn studiert?«. In dem Moment verstand ich, dass für alle anderen, allen voran für ihn, mein Schicksal mit der Einschreibung an der Literaturwissenschaftlichen Fakultät bereits vorgezeichnet gewesen war, also genau zu dem Zeitpunkt, als ich geglaubt hatte, vor mir habe sich eine Tür zu unendlich vielen verschiedenen Möglichkeiten aufgetan.

In all den Jahren, in denen es mir gelang, Engagement und Leidenschaft in einen Beruf zu stecken, den nicht ich mir ausgesucht, sondern der sich vielleicht *mich* ausgesucht hatte, war ich immer wie selbstverständlich davon ausgegangen, dass auch du Papas Meinung gewesen wärst. Ich glaubte, auch du hättest als berufstätige Mutter möglicherweise unterrichtet, auch du hättest als Studienfach Literaturwissenschaft gewählt, anstatt nach dem verlorenen Schuljahr 1945 auf den Schulabschluss zu verzichten. Aber wer weiß, mit welchem Recht und auf welcher Grundlage ich das glaubte? Vielleicht hatte der Gedanke etwas Beruhigendes, weil er Papa einmal mehr zum Priester deines Kultes machte, zu dem Orakel, das deinen Willen verkündete. Zudem erlaubte er mir, deinen Tod nicht zu bedauern, da das Leben ja genauso zu verlaufen schien, wie du es gewollt hättest, das Leben aller und auch mein eigenes. Und doch gab es irgendwo in meinem Kopf eine Erinnerung an dich, die durchaus gewisse Zweifel in mir hätte wecken können. Zu Beginn deines letzten Sommers flog Papa für eine Geschäftsreise in die Vereinigten Staaten und blieb drei Wochen weg. Du warst damals schon krank, auch wenn vermutlich niemand wusste, wie sehr, und du wurdest schnell müde. Damit du dich ausruhen konntest, hatte Tante Flavia meine Brüder mit in ihr Haus nach Fiesole genommen und mich, die ich »schon groß« war, dagelassen, um dir Gesellschaft zu leisten. Ich war schrecklich enttäuscht und weinte Tränen der Eifersucht, doch diese zehn Julitage mit dir in Turin gehören zu meinen schönsten Erinnerungen. Das mag nicht überraschen, schließlich waren es die ersten und letzten Tage meines Lebens, in denen ich dich ganz für mich allein hatte. Wenn du dich kräftig genug fühltest, stiegen wir ins Auto und fuhren ins Zentrum Eis essen oder einkaufen. Einen Vormittag gingen wir auf den Markt, wo du wunderschöne Steinpilze kauftest, um sie dann auf verschiedene Arten zuzubereiten, einige als Risotto, andere in der Bratpfanne, die Köpfe in Scheibchen geschnitten, paniert und frittiert. Nachmittags warst du oft müde und legtest dich hin, ich setzte mich dann in deinem Zimmer in den Sessel und las. Wenn du wieder wach warst, bliebst du im Bett liegen und wir sprachen über viele Dinge. Ich spürte, dass du mich anders zu behandeln begannst als sonst, dass dein Lächeln ein anderes war, ich spürte mit einer nie gekannten Intensität deine Liebe zu mir. Das Schönste aber waren die Pläne, die wir in jenen Tagen gemeinsam schmiedeten: Ich war damals in Pferde vernarrt, und du versprachst mir, dass du mich im nächsten Jahr zum Reitkurs anmelden würdest. Du erzähltest mir von Kleidern, die du gerne für mich kaufen würdest, von all den Dingen, die ich tun würde, wenn ich ein wenig älter wäre. Du sprachst von mir wie von einem Mädchen, das schön und glücklich sein würde, dabei war ich eine normale Elfjährige, die in Mamas Frauenzeitschriften zu blättern begann, Schauspieler und Sänger betrachtete und sich mehr und mehr für Klamotten interessierte. Nichts in deinen Reden wies jedenfalls darauf hin, dass du in mir eine zukünftige Mutter und Lehrerin sahst, im Gegenteil, in unseren Entwürfen war ich Naturwissenschaftlerin, Biologin oder Ärztin. Jahrelang habe ich die Erinnerung an diese Tage in mir bewahrt, ohne jemandem davon zu erzählen. Nicht einmal Papa ahnte, dass ich und du, zwei Frauen unterschiedlichen Alters, für ein paar Tage von einer Zukunft geträumt hatten mit Raum für eine stolze Mutter und eine glückliche Tochter. Ganz selten nur habe ich die Schublade aufgezogen, in der diese unerhörte Erinnerung von dir und mir versteckt lag, und als ich nach Papas Tod damit begann, geschah es nur, um eine fünfundzwanzig Jahre währende Trauer herausbrechen und den Tränen freien Lauf zu lassen, um über die Feststellung zu weinen, dass ich selbst mit Papa erst in den letzten Monaten seines Lebens offen reden konnte. Damals schien es mir, als ob sich mein Schicksal grausam wiederholte und mir die verborgenen Seiten meiner Eltern erst enthüllte, als ihre Tage schon gezählt waren. Jetzt hingegen hat die Erinnerung an diesen letzten Sommer mit dir neue Farben bekommen, nicht mehr nur die der Sehnsucht und der Ungerechtigkeit: Plötzlich ist es mir, als würdest du mich wieder darin unterstützen, mir ein anderes Leben vorzustellen, als würde deine Stimme aus der Vergangenheit mir sagen, dass man nicht Sklave, sondern Herr der eigenen Geschichte sein muss. Sicherlich kann ich nicht mehr Biologie studieren und wahrscheinlich bin ich schon zu alt, um reiten zu lernen, aber ich habe noch genug Zeit, mich selbst lieben zu lernen, zu versuchen, ich selbst zu sein, und rote oder schwarze Kleider anzuziehen. Ich habe die Zeit, die du nicht hattest.

Durch die Festanstellung und damit den Beginn einer regulären Arbeit wurde es mir endlich möglich, frei über mein selbstverdientes Geld zu bestimmen. Lange Zeit hatte ich allerdings kein eigenes Bankkonto, so dass ich mir mein Gehalt auf Papas Konto überweisen ließ. Schließlich verwaltete ich die Familienfinanzen ja selbst und war bestens in der Lage, Durcheinander zu vermeiden und mein persönliches Vermögen unter Kontrolle zu halten. Das war vermutlich nur einer der Fehler, die ich in jener Zeit machte, aber es war auch eine sehr schwere Zeit, obwohl der Beruf mir am Ende mehr Spaß bereitete als erwartet und ich immer noch ein ziemlich intensives Beziehungsleben führte. In Liebesdingen befand ich mich in einem Zustand der Verwirrung: Ich verliebte mich regelmäßig in gutaussehende, intelligente und gebildete Männer, denen gegenüber ich mir völlig unzulänglich vorkam, so dass ich ihnen meine wahren Gefühle geschickt verheimlichte und stattdessen einen sehr kumpelhaften Umgang mit ihnen pflegte. Ganze Abende, sogar Wochenenden oder längere Urlaube verbrachte ich mit den Objekten meiner Begierde, ohne dass zwischen uns die geringste erotische Spannung aufkam: Sorgfältig verbarg ich den Aufruhr meines Herzens unter der Tarnmaske der Asexualität. Diese hoffnungslosen Schwärmereien, in denen ich schwelgte, weil sie mir so romanhaft vorkamen, zogen sich über Monate hin, manchmal über Jahre. In der Zwischenzeit ging ich Beziehungen zu den unterschiedlichsten Männern ein, von denen ich mich vorübergehend angezogen fühlte und die in der Regel in die Kategorie »unpassend« gehörten, zu den »anständigen Jungs«, die ich leicht erobern konnte, weil ich mich ihnen aus irgendeinem Grund überlegen fühlte. Dieses Spiel tat mir nicht gut, wie ich heute weiß. Gerade weil diese Beziehungen scheinbar so problemlos waren, brachten sie kaum Kummer mit sich, aber auch kaum große Gefühlswallungen, selbst der Sex geriet zur bloßen, unspektakulären Übung. Es war, als wäre mein Herz von einer dicken Speckschicht umgeben, und es schien mir, als könne ich überhaupt keine wahren Gefühle mehr empfinden, für niemanden: nicht für den »Mann der Träume«, nicht für den »Mann der Wirklichkeit«, nicht für meine Brüder oder meinen Papa, für Schüler oder Freunde. Die totale Abstumpfung verbot es mir, mich zu begeistern, und damit auch zu streiten. Äußerlich lebte ich mit allen im Einklang, mein Leben schien entspannt und erfüllt, voller Aufgaben und Interessen. Doch ich schrieb nicht mehr, las sehr wenig und konnte weder lachen noch weinen, im tiefsten Innern war mir alles egal.

Den ersten Ruck versetzte mir Maurizio, ein alter Schulfreund, der gerade seine Psychiatrieausbildung machte und allein lebte. Abends besuchte ich ihn häufig auf einen Plausch, und er sprach auf eine neue, manchmal erschütternde Art über mich. Einmal, als ich ihm erzählt hatte, dass ich auf einem Ohr nicht mehr so gut hörte, konsultierte er das I Ging, wo es hieß: »Wer nicht hören will, wird an den Ohren erkranken.« Dann begann er mich auszufragen, was ich denn nicht hören wolle, sagte mir, dass meine periodisch wiederkehrende Akne seiner Meinung nach mit einem verborgenen inneren Kummer zusammenhinge, mit einer Angst vor den Menschen, die tief in mir verwurzelt sein müsse. Maurizio gehörte zu den Freunden, die Papa und meine Brüder weniger sympathisch fanden, weil er auf dem Gymnasium immer Klassenerster gewesen war und sich angewöhnt hatte – nicht unbedingt zu jedermanns Freude – zu sagen, was er dachte. Ich hingegen fühlte mich sehr zu ihm hingezogen und begleitete ihn in den Osterferien auf eine Reise nach Innsbruck und Salzburg, womit ich mich zum ersten Mal der Familientradition entzog. Papa hatte so getan, als mache es ihm nichts aus, doch als ich ihn am Ostersonntag vom Mondsee aus anrief, sagte er mir, das Wetter bei ihnen in den Bergen sei wunderschön und sie äßen gerade trotz meiner Abwesenheit gefüllte Eier, die Gianfranco und seine Frau zubereitet hätten.

Ich war also ersetzbar, sowohl in der Küche als auch in der Familie, so lautete zumindest die Botschaft. In Wirklichkeit macht meine Schwägerin die Eier nicht so, wie ich sie mache, wie du sie gemacht hast, wie sie deine Schwester und meine Cousine Isa machen, mit der ich letztes Jahr die Ostertage verbracht habe. Vielleicht liegt es an der Quantität oder Qualität von Sardellen und Kapern, aber vermutlich haben wir einfach verschiedene Geschmäcker. Die gefüllten Eier waren die unvermeidliche Eröffnung jedes Osteressens gewesen, wenn wir als Kinder den Ostersonntag mit Tanten und Cousinen bei der Großmutter verbracht hatten. Ich erinnere mich noch gut an die endlos lange Tafel mit dem weißen Leinentischtuch, an die Geschenke, die Großvater dir, der Großmutter und der Tante machte, an die im Garten verstreuten Schokoladeneier, die offiziell ein geheimnisvoller Osterhase versteckt hatte und mit denen wir Kinder eine regelrechte Schatzsuche veranstalteten. Ich weiß nicht mehr, ob wir Lamm und Zicklein aßen, Ostertorten, frische Salate und danach die traditionelle Colomba. Auf der Speisekarte meiner Erinnerung stehen allein die gefüllten Eier mit ihren Mayonnaisekringeln und den kleinen Kapern obenauf. Sie sind so lecker, dass man nicht genug davon kriegen kann und aufpassen muss, es nicht zu übertreiben. Sie gehören zu jener Kost, die von modernen Ernährungswissenschaftlern so gerne an den Pranger gestellt wird und die sich so zahlreich in alten Familienrezepten findet. In jenem Jahr hatte ich jedoch mit Maurizio ein Osterpicknick am Ufer des Mondsees gemacht und abends im Wirtshaus »Zum weißen Rössl« Hirschfilet mit Johannisbeergelee gegessen. Nachdem ich mit Papa noch über den in Italien gebräuchlichen Sinnspruch »Weihnachten zu Hause, Ostern, wo du willst« gewitzelt hatte, war ich voll Vorfreude und relativ unbeschwert abgereist. Doch der Anruf zu Hause hatte mich ernüchtert: Ich fand es ungerecht, dass Papa sich alleingelassen fühlte, vor allem weil er es nicht direkt äußerte, sondern vorgab, sich mit mir zu freuen. Allerdings kannte ich ihn zu gut, um nicht zu wissen, dass er mit seinem mehrfachen, langgezogenen »Aaalso dann …« ein Gespräch beenden wollte, das ihm die Stimmung verdarb.

Jener Urlaub war also eine wichtige Erfahrung, ein erstes Zeugnis von Unabhängigkeit, der Beweis, dass die Loslösung von Papa und meinen Brüdern möglich war. Bevor ich dann aber tatsächlich eine eigene Wohnung bezog, musste ich noch ein paar Jahre warten: Schon zu Zeiten meiner ersten Liebe, als ich hin und wieder mit der Idee spielte zu heiraten, hatte Papa mich explizit darum gebeten abzuwarten, bis Chicca mit der Schule fertig sei. Ich weiß nicht, ob er vorhatte, dann meiner Schwester die Verantwortung für den Haushalt aufzubürden, oder ob er lediglich ihre Abiturprüfung als das große Ziel des eigenen, aufreibenden Einsatzes als Vater beziehungsweise Mutter ansah. Jedenfalls erschien mir seine Bitte völlig legitim, wenngleich es bedeutete, Entscheidungen hinauszuschieben, die mir damals klar in die richtige Richtung zu weisen schienen. Keine meiner darauf folgenden Beziehungen hatte länger als sechs Monate gehalten, und so hatte Papa sich nicht mehr um meinen möglichen Auszug sorgen müssen, denn es lag für ihn auf der Hand, dass nur eine traditionelle Heirat mich von zu Hause wegführen könnte. Ich selbst teilte lange Zeit diese Meinung, doch nach und nach sagte ich mir, dass die Entscheidung, alleine zu leben, gar nicht so absurd war. Dennoch bedurfte es einer Zwischenstation, bevor ich beginnen konnte, in Mailand eine Wohnung zu suchen. Mit meinen Freundinnen Luisa und Roberta mietete ich für ein Jahr ein wunderschönes Häuschen am lombardischen

Ufer des Lago Maggiore, das einer anderen gemeinsamen Freundin gehörte. Dort verbrachte ich meine Wochenenden und auch einige längere Urlaube. Dieses Haus am See war ein verwunschener Ort: Es handelte sich um den alten Geräteschuppen einer Villa aus dem 19. Jahrhundert, die saniert und in Ferienwohnungen aufgeteilt worden war, fast vollständig im Besitz von deutschen Touristen. Zu unserem Haus gehörte eine riesige Terrasse, die direkt aufs Wasser hinausging und das Hafenbecken mit den Anlegestellen für die Boote überdachte. Der Park der Villa war sehr groß, mit jahrhundertealten Bäumen, wundervollen Kamelien und Bougainvilleen. Sogar eine kleine Kapelle gab es, die auf den See hinabschaute. Es war der ideale Ort, um zu sich selbst zu finden, und am allermeisten genoss ich die Nächte, in denen meine Freundinnen aus irgendwelchen Gründen nicht da waren. Ich erinnere mich, wie ich abends im Dunkeln am Fenster saß, das weit auf den See geöffnet war. Der Mond und die Lichter der Ortschaften am gegenüberliegenden Ufer spiegelten sich im Wasser. An diesen Abenden, die ich ganz mit mir allein verbrachte, konnte ich endlich weinen, und ich malte mir eine Zukunft voller Liebe und Glück aus.

Diese Stunden der Einsamkeit waren jedoch selten. Meistens war unser Haus voll mit Leuten, Freunde der einen oder der anderen, die uns besuchten, um zu baden und sich zu sonnen, und mit denen wir große Grillfeste veranstalteten oder aufwendige Festessen zubereiteten. Darin war ich die unangefochtene Autorität des Hauses: In der Regel entwarf ich die Speisefolge, gab Anweisungen für den Einkauf und kochte raffinierte Gerichte. Mittlerweile hatte ich ja genug Übung und auch eine gewisse kulinarische Erfindungsgabe entwickelt, so dass es mir stets gelang, die vielen Gäste, die sich an unseren Tisch setzten, positiv zu überraschen. Für eines dieser sommerlichen Abendessen hatte ich die gefüllten Eier zubereitet, und Francesca und Alberto – die Freunde, die ihre Mutter überredet hatten, uns das Häuschen über der Anlegestelle zu vermieten, und die selbst eine Wohnung in der Villa besaßen – waren so begeistert davon, dass sie sich später bei ähnlichen Gelegenheiten noch oft diese Vorspeise von mir wünschten. Es erfüllte mich mit Freude und Stolz, für meine Freunde zu kochen, und ihre staunenden Komplimente entschädigten mich für all die Enttäuschungen, die ich in jenen Jahren auf anderen Gebieten erlebte. Doch wenn dann die neue Arbeitswoche begann und ich in die Familie zurückkehrte, kostete es mich enorme Kraft, das tägliche Abendessen zu planen, der Einkauf frustrierte und belastete mich, die seltenen Würdigungen meiner Mühen durch Papa und meine Brüder waren mir vollkommen gleichgültig.

Nach dem ersten Jahr verlängerten wir den Mietvertrag um weitere sechs Monate. In diesem Winter jedoch sagte ich immer häufiger zu Papa, dass ich mir eine eigene Wohnung suchen würde, und er schien das zu befürworten. Er erbot sich sogar, mir beim Kauf unter die Arme zu greifen, da er annahm, dass Mietwohnungen zu teuer waren und mein Gehalt nicht ausreichen würde. Nachdem ich ihm von einigen Wohnungen erzählt hatte, die ich mir angesehen hatte, und von ihm nur reihenweise Einwände gekommen waren, die meinen Enthusiasmus gehörig gedämpft hatten, war mir allmählich klar geworden, dass er mir in dieser Angelegenheit nicht wirklich helfen wollte. Also nahm ich spontan den Vorschlag einer Freundin an, die mir ihre eigene, möblierte Wohnung vermieten wollte, weil sie nach Rom ziehen musste. Ich sah sie mir an und unterschrieb innerhalb weniger Tage den Vertrag, trotz der deutlichen Vorbehalte, die Papa dagegen hegte. Es war das erste Mal, dass wir ernstlich aneinandergerieten, was für mich nicht leicht zu ertragen war. Dennoch hielt ich Ende April, nachdem ich in der Zwischenzeit das Haus am See abgegeben hatte, die Schlüssel für die Unterkunft in Händen, deren Mieterin ich ab dem 1. Mai sein würde. Ich war bereit, für Francesca und die anderen Freunde gefüllte Eier zu machen – zu Weihnachten oder Ferragosto, wann immer ich dazu Lust hatte.

Quiche mit Zucchini, Speck und Toma

Für den Teig:

300 g Mehl, 150 g Butter,
Salz
70 ml kaltes Wasser

Für den Belag:

400 g Zucchini
100 g Speck am Stück
150 g mittelalter Toma
(piemontesischer Käse)
3 Eier
100 ml Sahne, 100 ml Milch
30 g geriebener Parmesan

Für den Mürbeteig das Mehl mit dem Salz und der kalten, in Stücke geschnittenen Butter verkneten, bis eine krümelige Masse entsteht. Nun mit dem Wasser zu einem festen, elastischen Teig verarbeiten, in Klarsichtfolie wickeln und für mindestens eine halbe Stunde im Kühlschrank ruhen lassen. In der Zwischenzeit den Belag vorbereiten: Die Zucchini putzen und in dünne Scheiben schneiden, dann in wenig Öl und Butter bissfest anbraten. In einer Schüssel die Eier verschlagen und Parmesan, Sahne, Milch, eine Prise Salz und etwas frisch gemahlenen Pfeffer hinzugeben. Alles gut verrühren. Den Speck in sehr feine Streifen schneiden, den Toma würfeln. Den Mürbeteig etwa 3 mm dick ausrollen und in einer gefetteten und mit Mehl bestäubten Quicheform von 30 cm Durchmesser auslegen. Den Boden mit einer Gabel einstechen und Zucchini, Speck und Toma gleichmäßig darauf verteilen. Am Ende die Eiermilch darübergießen. Im vorgeheizten Ofen bei 190 Grad etwa 40 Minuten backen. Lauwarm oder kalt servieren.

Herzhafte Kuchen sind in Italien erst in den letzten zwanzig Jahren so richtig in Mode gekommen. In unserer Familie war Tante Flavia die Einzige, die sie auch schon vorher machte, denn sie hatte einige Jahre in Paris gelebt und sich auf eine umwerfende Quiche Lorraine spezialisiert. Sie war es auch, die mir, als ich noch zur Schule ging, den Unterschied zwischen einem Mürbeteig mit Eiern, einem Blätterteig und der hier beschriebenen eierlosen, original französischen *pâte brisée* erklärte. Doch meine Begeisterung für Quiches erwachte so richtig erst in den Anfangsmonaten nach meinem Auszug, als eine Art Hommage an die zurückliegende Parisreise, die ich im Sommer zuvor unternommen hatte. Gabriella war wegen der Uni dorthin gezogen, und nach meinem ersten Jahr in Festanstellung fuhr ich sie im Juli besuchen und verbrachte zehn Tage bei ihr. Damals bewohnte sie ein kleines Apartment in der Nähe der Place de la Bastille, im Erdgeschoss eines Hinterhofgebäudes – ein wunderschöner Altbau, vor dem es einen Spielplatz gab und die Rentner sich zum Boulespielen trafen. Sie war sehr mit der Recherche für ihre Doktorarbeit beschäftigt und verbrachte oft ganze Tage in der Bibliothek, und so entdeckte ich Paris auf eigene Faust, besuchte Museen, spazierte durch den Jardin des Tuileries und den Jardin du Luxembourg. Abends gingen wir zusammen ins Kino oder in eines der Stadtviertel essen, die ich als planlose Touristin niemals entdeckt hätte. Ich erinnere mich noch gut an das Gefühl, das mich durchströmte, als ich auf der Place des Vosges stand, oder an den langen Spaziergang von Notre-Dame bis nach Hause über die Île Saint-Louis und den Arsenal, oder auch an den Cidre und die Galettes in einer feinen Crêperie am Montparnasse. An einem Sonntag waren wir in den Zug nach Chartres gestiegen und hatten dort die Kathedrale besichtigt, die uns sehr beeindruckte. Als wir dann am frühen Nachmittag am Bahnhof standen, sahen wir, dass ein Zug nach Illiers-Combray zur Abfahrt bereitstand, und entschlossen uns spontan zu einer Pilgerfahrt. Dort deckten wir uns in der unvorstellbar leckeren Pâtisserie de la Tante Léonie mit einer Ladung Madeleines ein, die wir am Abend, nachdem wir todmüde wieder in Paris angekommen waren, genießerisch in unsere Teetassen tunkten und geschlossenen Auges verzehrten.

Zu jener Zeit lebte ich noch bei Papa und meinen Geschwistern, und der Vergleich mit Gabriellas quasi bohèmehaftem Leben festigte meinen Entschluss auszuziehen noch. Anfangs dachte ich, das sei nur möglich, wenn ich auch nach Paris ginge, wozu mir allerdings das passende Doktorandenstipendium fehlte, und wahrscheinlich hatte ich nicht den Mut für so ein Abenteuer. Ich weiß noch, wie ich in einem Sessel im Musée d'Orsay sitzend zwei Stunden lang solchen und ähnlichen Gedanken nachgrübelte und dabei frenetisch Seite um Seite meines Heftes füllte, was jedem an diesem Ort – allen voran mir – völlig legitim und normal vorkam. Als ich kaum ein Jahr später in einer eigenen Wohnung in Mailand saß, dachte ich mit einem Anflug von Stolz, dass ich etwas viel Bedeutenderes geschafft hatte, als nach Paris zu fliehen, und dass die französische Hauptstadt trotz allem eine Seelenheimat für mich bleiben würde, an die ich immer zurückkehren konnte, wenn mir der Sinn danach stand.

Die piemontesische Küche, die in unseren Familienrezepten vorherrscht, hat nicht wenige Berührungspunkte mit der französischen Küche, zum Beispiel bei den mit Käse überbackenen Aufläufen und den Gemüseflans, die zu deinen Glanzstücken zählten. Herzhafte Kuchen hingegen tauchten in deiner Sammlung nicht auf und waren für mich immer eher »meine« Gerichte, die nur mir gehörten und bei denen ich mich dir nicht auf die eine oder andere Weise verpflichtet fühlen musste. Es gibt unzählige Varianten, die ich jahrelang durch Abonnements von Hochglanz-Kochzeitschriften und eigene Praxis verfeinert habe und die allesamt von meinen Tischgenossen hochgelobt wurden: mit gegrillten

Paprika und gekochtem Schinken, geschmortem Kürbis und Salsiccia, gebratenen Putenstreifen und Emmentaler, Brokkoliröschen, Sardellen und Pecorino, um nur einige Kombinationen zu nennen, mit denen ich in regelmäßigen Abständen meine *pâte brisée* belege. Meine Lieblingsquiche ist jedoch immer noch die mit Zucchini, Speck und Toma, dem Käse aus jenem Tal im Piemont, wo wir früher die Ferien verbrachten, wo Papa und du euch kennengelernt habt, wohin er sich später zurückzog und wo er gestorben ist, wo ihr beide begraben seid.

Zwei große Bleche mit Zucchiniquiche eröffneten zusammen mit anderen Vorspeisen, darunter auch die gefüllten Eier, das Abendessen zur Einweihung meiner neuen Wohnung. Ich hatte das Essen auf meinen Geburtstag gelegt, an dem ich eigentlich schon zwei Wochen umgezogen sein sollte. Doch wenige Tage nachdem ich den Vertrag unterschrieben hatte, am Abend des berühmten 1. Mai, der eigentlich der Tag meiner Unabhängigkeit hatte werden sollen, war es Papa plötzlich sehr schlecht gegangen und wir hatten ihn in die Notaufnahme gebracht, wo die

Ärzte ihm aufgrund von Röntgenbildern des Unterleibs zu weiteren Kontrollen geraten hatten. Ein paar Tage später hatte er sich also in eine Klinik aufnehmen lassen, wo innerhalb kurzer Zeit ein Aneurysma, also die krankhafte Erweiterung der Aorta abdominale, diagnostiziert wurde und man sich für eine Notoperation entschied. An die acht langen Stunden auf dem Flur vor dem Operationssaal erinnern ich und meine Geschwister uns nur sehr ungern: Jeder von uns fürchtete auf seine Art, die Geschichte könne sich wiederholen, gleichzeitig fühlten wir uns alle ein wenig schuldig, so etwas auch nur zu denken. Glücklicherweise konnte Papa trotz der ernsten Lage und des schwierigen Eingriffs schon am nächsten Abend die Intensivstation verlassen und zehn Tage später nach Hause gehen. Ich hatte nicht den Mut aufgebracht, unter diesen Umständen auszuziehen, und den Auszug auf bessere Zeiten verschoben. Erst als Papa zur Erholung an den Gardasee fuhr, packte ich endlich meine Kisten – unter den stillen Vorwürfen und langen Gesichtern meiner Geschwister, die, ohne es sich einzugestehen, mich für den wahren Killer der väterlichen Arterien hielten, um Längen tödlicher als die vierzig Zigaretten, die er jeden Tag rauchte.

Ich verfügte nun über eine Zweizimmerwohnung mit Wohnküche, etwas altmodisch möbliert, aber gemütlich. Zwei Wohnzimmerwände waren mit Bücherregalen vollgestellt und jeder Winkel durch Wandschränke optimal ausgenutzt. Die Einbauküche stammte aus den sechziger Jahren, eine »amerikanische Küche«, wie meine Großmutter gesagt hätte. Ein merkwürdiger Zufall wollte es, dass es genau dieselbe war, die Großmutter für das Ferienhaus am Lago d'Orta ausgesucht hatte. Dass sie mir so vertraut war, interpretierte ich als gutes Omen für meine künftigen kulinarischen Unternehmungen. Die Wohnung lag im dritten Stock, und das Gebäude, das Anfang des 20. Jahrhunderts erbaut worden war, besaß keinen Aufzug. Da ich nur mit meinen Kleidern und Büchern umziehen musste, hatte ich beschlossen, alles allein zu machen: Ich erinnere mich noch gut an die unzähligen Märsche mit Einkaufstaschen, jenen fast quadratischen, »umweltfreundlichen« Papiertüten aus dem Supermarkt, in die ich gerade so viele Bücher packte, wie ich tragen konnte. Was einerseits anstrengend war, erfüllte mich andererseits mit Stolz und Freude; am eindrücklichsten erinnere ich mich an das Gefühl der Zufriedenheit jener Tage, unterlegt von noch verschwommenen Zukunftsplänen. Es war wie das Wiederaufflammen jenes jugendlichen Allmachtgefühls, aber diesmal lagen weder Verzweiflung noch Scheitern im Hinterhalt: Ich wusste, dass mir jede Menge Schwierigkeiten bevorstanden, vor allem ökonomischer Art, doch fühlte ich mich in diesen Monaten, den letzten meines dritten Lebensjahrzehnts, jünger als noch fünf, sechs Jahre zuvor. Deinem Mann und deinen anderen Kindern konnte ich nichts von diesen Empfindungen erzählen, denn ich weiß, dass sie es persönlich genommen und versucht hätten, meine Freude zu schmälern. Dafür erzählte ich meinen Freundinnen und Freunden, die im Laufe der Jahre noch zahlreicher geworden waren, davon.

Für sie wurde meine Wohnung von September an zum allgemeinen Treffpunkt, egal ob sie verheiratet waren oder noch bei den Eltern lebten, und bald schon folgte Silvia meinem Beispiel, eines der Mädchen, die ich als Jugendliche in den Bergen kennengelernt hatte und mit der mich eine zunehmend tiefere Freundschaft verband. Sie war schon immer ein entschlossener Mensch gewesen: Mit zweiundzwanzig war sie für ein paar Monate nach Amerika gegangen und voller Begeisterung, reich an neuen Erfahrungen aus einem völlig anderen Leben zurückgekehrt. Sie hatte dann mehrmals den Job gewechselt, und als sie sich kurz nach mir entschloss, in eine eigene Wohnung zu ziehen, arbeitete sie für eine bekannte amerikanische Kleidermarke und verkehrte in den exklusiveren Mailänder Modekreisen. Für mich und in meinem Beisein war sie allerdings immer noch das Mädchen, das leicht beschwipst mit nackten Füßen zu *Born to be alive* getanzt hatte – an jenem Abend im Sommer nach unserem Abitur, als sie ihren Freund mit einer anderen im Bett erwischt hatte – und die dann, nach einer weiteren großen Enttäuschung, in die USA geflohen war, um dort auf die Enkel des in Ungnade gefallenen Richard Nixon aufzupassen. In diesen ersten Monaten der Unabhängigkeit sahen wir uns sehr oft, aßen mal bei ihr, mal bei mir zu Abend, gingen mit ihren oder meinen Freunden aus, ins Kino oder in eines der besten mexikanischen Restaurants der Stadt, wo wir uns von Magaritas ernährten. Ich glaube, es ist kein Zufall, dass Papa neben Maurizio auch Silvia nicht besonders mochte. In der Regel nannte er sie beim Nachnamen, und erst in letzter Zeit, nachdem sie endgültig nach San Francisco gezogen war und dort einen faszinierenden und netten Kalifornier geheiratet hatte, freute er sich, wenn ich sie in unser Haus in den Bergen zum Essen einlud, eine der mittlerweile raren Gelegenheiten, bei denen wir uns sahen. Dabei präsentierte er sich als so reizender Gastgeber, dass der amerikanische Ehemann ganz begeistert von ihm war. Die Freundschaft zu Silvia hatte in meinem Leben eine klar definierte Rolle, wie es auch für Gabriella, Marzia und Luisa galt. Sie waren als Mädchen schon sehr unterschiedlich gewesen und sind es auch noch als Frauen, sie kennen sich inzwischen mehr oder weniger gut, doch ohne mich als Bindeglied hätten sie wahrscheinlich wenig miteinander zu tun.

Die Leichtigkeit, mit der ich dauerhafte Beziehungen zu so unterschiedlichen Menschen knüpfen kann, hat mich immer angenehm überrascht und mit Stolz erfüllt, bis vor einigen Monaten eine Kollegin, mit der mich eine gewisse Vertrautheit verbindet, mir freundschaftlich vorhielt, ich sei »zu konziliant«. Das war zwar nicht schön zu hören, doch anstatt mich über sie zu ärgern oder es abzustreiten, begann ich, bei mir selbst nachzuforschen, ob dieser Überfluss an Beziehungen, den ich immer für wichtig und fruchtbar gehalten hatte, nicht etwas anderes widerspiegelte: das verzweifelte Bedürfnis, geliebt und akzeptiert zu werden, die tiefe Sehnsucht danach, Zuneigung zu bekommen und vor allem zu geben, die sich wahrscheinlich nach deinem Tod bei mir eingenistet hatte und in den langen Jahren ihre Nahrung fand, in denen ich mir vormachte, dich nicht zu brauchen. Dieser Gedanke brachte eine andere Überlegung mit sich: Wenn dein Verlust mich veranlasste, so hartnäckig Freundschaften zu pflegen, wenn ich so viel Energie in diese Bindungen steckte, um die Leere zu füllen, die du hinterlassen hast und die

Papa offensichtlich nicht hatte füllen können, muss ich das alles vielleicht ein Stück weit als Kompensation für deinen Tod ansehen. Vielleicht hätte deine Anwesenheit in mir ja wenigstens zum Teil den Hunger nach Liebe gestillt und ich wäre weniger »konziliant« gewesen; vielleicht hätte ich, wärst du am Leben geblieben, einen Charakterzug verloren, der mir jetzt grundlegend zu sein scheint. Derlei theoretische und auch ein bisschen peinliche Gedanken überkommen mich häufig in dieser Phase, die mir wie ein Wendepunkt erscheint, in diesen Monaten, die den Beginn meiner zweiten Lebenshälfte markieren und in denen ich keine Vergleiche mehr zwischen dir und mir anstellen kann, weil du sie nicht erlebt hast. Für manches, wie zum Beispiel die Art, den Zeichen der Zeit zu begegnen, die langsam an meinem Körper erscheinen, bist du schon jetzt nicht mehr das Vorbild, an dem ich mich messe. Die Chance auf ein anderes Leben, als du es geführt hast oder ich, als ich noch in deinem Schatten lebte, gehört mir ganz allein, ohne dass dein oder Papas Phantom irgendwelche Ansprüche darauf hätten.Genau diese Fülle an Möglichkeiten aber macht mir auch ein wenig Angst. Es ist, als würde ich für mein gesamtes zukünftiges Leben plötzlich aufhören, eure Tochter zu sein, und ein von euch völlig losgelöster Mensch werden, dem ihr aber doch das Leben geschenkt habt, und manchmal glaube ich, dass ich noch nicht bereit dafür bin. Die Erinnerung an jene weit zurückliegenden Tage, als ich schon einmal glaubte, ein neues Leben zu beginnen, hat die unerwartete Folge, dass Gefühle in mir aufsteigen, die tief in meinem Innern verschlossen waren und die den heutigen zum Verwechseln ähneln.

Eine von Silvias interessantesten Thesen besagt, dass eine allein lebende Frau Männer anzieht. Wir hatten uns darüber lustig gemacht, doch dann stellte ich tatsächlich fest, dass viele alte und neue Freunde meine veränderten Lebensumstände mit einer potentiell größeren Offenheit gleichsetzten, unter anderem auch in Liebesdingen. Im Grunde war das auch nicht ganz falsch, doch nahm ich mir vor, das neue Bett nur mit einem Mann einzuweihen, der diese Ehre auch verdiente, in einer Beziehung, die nicht die altbekannten Schemata reproduzierte, welche ich hinter mir gelassen zu haben glaubte. Ich hatte große Lust, mich richtig zu verlieben, und glaubte, dass dies in dem Klima tiefgreifender Veränderungen, in dem ich lebte, näherlag denn je. Ich spürte deutlich, dass der Moment günstig war, um den nächsten Traummann, der mir über den Weg laufen würde, ein für alle Mal in die Wirklichkeit zu zerren. Die so ersehnte neue Liebe kam dann tatsächlich ziemlich schnell, und die Art, wie ich die Beziehung lebte, die Freiheit, die ich endlich zu schmecken glaubte, die bislang unbekannten Gefühle, die ich genoss, machten sie tatsächlich zu einer ganz neuartigen Erfahrung. Endlich einmal »passte« er zu mir – ein junger, hervorragender Literaturwissenschaftler –, und er war wahrlich auch kein »braver Junge«, denn er hatte eine feste Freundin, die ich selbst schon seit Unizeiten recht gut kannte. Es handelte sich also um ein Verhältnis, und das machte mich neugierig, erregte mich, manchmal litt ich auch darunter, doch immer hielt ich es für ein unwiderlegbares Zeichen von Fülle und Authentizität. Fast alle meine Freundinnen rieten mir, so schnell wie möglich eine Änderung meines Status anzustreben, weg von der Geliebten hin zur festen Freundin, und ihn zu drängen, sich von der anderen zu trennen. Die Einzigen, die mich nicht unter Druck setzten, die Beziehung zu legalisieren, waren Gabriella und Silvia, von denen Letztere selbst glückliche Geliebte eines amerikanischen Geschäftsmannes war. Es machte mir nichts aus, meinen Liebsten nur an bestimmten Tagen zu sehen, es machte mir nichts aus, auf seine Anrufe warten zu müssen, anstatt ihn selbst anzurufen, und die wenigen Monate, die unsere Beziehung währte, waren trotz aller Einschränkungen in meiner Erinnerung eine erfüllte, fröhliche Zeit. Außerdem stellte die Tatsache, dass ich eine eigene Wohnung hatte, in meinen Augen einen solchen Luxus dar, dass ich mich für alles potentielle Leid, das diese Beziehung mit sich bringen mochte, entschädigt fühlte: Er kam mich besuchen, ich konnte ihm köstliche Abendessen oder aber einen kleinen Imbiss im Bett servieren, nachdem wir uns stundenlang geliebt hatten. Dass er niemals die ganze Nacht blieb, damit seine Mutter keinen Verdacht schöpfte, war nur ein kleiner Wermutstropfen und nichts im Vergleich zu dem Wohlgefühl, das mich den Tag über begleitete. Im Grunde wollte ich es gar nicht anders. Ich fühlte mich wesentlich wohler in der Rolle der Geliebten, der Frau, mit der er ins Restaurant und ins Bett ging, weil er sie begehrte und liebte, als in meiner früheren Rolle als Freundin, mit der man ins Restaurant und ins Bett ging, weil sie und die anderen es so erwarteten. Ich behaupte nicht, dass die Dinge immer einfach waren und im Laufe der Zeit nicht auch komplizierter wurden. Doch in jenen Monaten war ich mir selbst eine Offenbarung, mit meinen Gedanken, meinen Gefühlen, meinem Verhalten. Ich spürte etwas ganz Neues, etwas, das sich vor allem durch Beliebigkeit auszeichnete: Ich spürte, dass ich niemandem Rechenschaft über meine Gefühle schuldig war, dass ich niemandem verantwortlich war als mir selbst. Endlich fragte ich nicht länger, ob ich ins Schema passte, denn zum ersten Mal im Leben gab es kein Referenzmodell; ich fühlte mich nicht unter Prüfungszwang, und das allein war schon eine Art von Glück. Die Geschichte währte nicht lange, wie gesagt: Nach einigen Monaten wurde ihm eine neue Stelle angeboten und er zog nach Reggio-Emilia. Das machte es noch schwieriger, sich zu sehen, denn die ahnungslose Freundin beanspruchte natürlich die Wochenenden für sich, und so suchte er sich innerhalb kurzer Zeit eine neue Geliebte in der anderen Stadt. Drei Frauen waren aber tatsächlich zu viel, und so war klar, auf welche er am ehesten verzichtete. Ich weinte viel damals, doch tief in mir drin verspürte ich ein vages Gefühl von Stärke, eine Ahnung, dass ich, nachdem ich eine solche Liebe kennengelernt hatte, mich nie mehr mit weniger zufriedengeben würde. Das war eine Illusion, und vielleicht, wenn ich etwas aufmerksamer und weniger optimistisch gewesen wäre, hätte ich es wissen müssen, vor allem wenn ich mich nach der Bedeutung eines beunruhigenden Traumes gefragt hätte, den ich einige Zeit zuvor gehabt hatte: Ich und er lagen auf dem Boden meines Wohnzimmers und liebten uns, als plötzlich Papa und Marisa hereinkamen und mir ohne jede Verlegenheit befahlen, aufzustehen und mich anzuziehen, ich müsse einkaufen gehen und Essen kochen. Ich wurde wütend und fragte, wie sie überhaupt in meine Wohnung gekommen seien, versuchte sie wegzuschieben und hinauszudrängen, doch Papa erwiderte geheimnisvoll, er habe die Schlüssel.

Dass Papa die Schlüssel hatte, zeigte sich auch daran, dass ich nach einer Zeit der Abwesenheit wieder regelmäßig das Wochenendhaus in den Bergen frequentierte, wo mich die Familie anfangs etwas misstrauisch und süffisant empfing, bald aber wieder fest in ihre Arme schloss, als sei ich nie weg gewesen. Ich war noch nicht über den neuerlichen Liebeskummer hinweg, als ich bei einem dieser Bergwochenenden mit einer Gruppe alter Freunde, die ich lange nicht gesehen hatte, zum Essen beisammensaß und nach einem feuchtfröhlichen Abend mit einem von ihnen im Bett landete. Die Sache erschien mir im ersten Moment überaus gewagt, da ausgerechnet er bei den Jugendfreunden immer den Ruf des draufgängerischen Latin Lovers genossen hatte, während ich im Gegensatz dazu bei den Freunden als ruhige, bedächtige Persönlichkeit galt, die sicher einmal in Weiß heiraten würde. An jenem Abend hatte ich bei ihm übernachtet, und als er mich am nächsten Morgen um halb sieben nach Hause fuhr, weil er zurück nach Mailand zur Arbeit musste, war ich so gut wie sicher, dass es sich nur um eine Episode handelte, an der ich zu knabbern und vielleicht auch zu leiden hätte, die aber an sich keine Perspektive bot. Doch dann rief er mich an, und in den folgenden Tagen gingen wir zusammen essen und sahen uns mit einer gewissen Regelmäßigkeit, trotz der misstrauischen Blicke unserer gemeinsamen Freunde, die uns für inkompatibel hielten.

Innerhalb kürzester Zeit waren wir, obwohl mir die Beziehung zu Beginn so gewagt erschienen war, so etwas wie ein offizielles Paar geworden. Papa fand ihn allem Anschein nach sehr nett, ich glaube, er schrieb ihm das große Verdienst zu, mich in die Berge zurückgeführt zu haben. Zur selben Zeit musste meine Familie das Wochenendhäuschen aufgeben, das wir siebzehn Jahre lang gemietet hatten, und Papa war entschlossen, ein Haus zu kaufen, weil er sich dort zur Ruhe setzen wollte. Als er erfuhr, dass ein dreistöckiges Gebäude, ein ehemaliges Schwesternwohnheim, zum Verkauf stand, ließ er sich die Gelegenheit nicht entgehen und erstand es, ohne lange zu zögern.

Es folgte ein Jahr intensiven Beziehungslebens, mit meiner Mailänder Wohnung als Schauplatz, wo ich immer noch alleine wohnte. Ich hatte das Gefühl, endlich auf eigenen Füßen zu stehen und gleichzeitig in der Liebe eine gewisse Unbeschwertheit gefunden zu haben, dabei übersah ich völlig einige Anzeichen, die mich hätten warnen müssen, dass die Dinge in Wirklichkeit anders lagen. Mein Freund bezeichnete sich gern als »Mister Fifty«, eine Anspielung auf die Zahl der Frauen, die er mit seinen knapp dreißig Jahren angeblich schon gehabt hatte. Im Bett gab er sich als erfahrener Mann und großartiger Liebhaber aus und betonte immer wieder auf nicht unbedingt wohlwollende Art meine angebliche Unerfahrenheit und trostlose Unzulänglichkeit. Obwohl ich bis dahin keine diesbezüglichen Probleme gehabt hatte, war ich natürlich nur allzu bereit, mir von ihm welche einreden zu lassen, und kam auf diese Weise langsam zu der Überzeugung, eine Frau zu sein, die von ihren vorigen Männer nichts gelernt hatte, wie er mir unermüdlich wiederholte.

Ehe ein Jahr vorbei war, war er bei mir eingezogen, ohne dass ich ihn explizit dazu aufgefordert hätte, weil er mit seiner Mutter über die immer zahlreicher werdenden nächtlichen Abwesenheiten im Streit lag. Ich war mit meinen Schülern auf Klassenfahrt in Paris gewesen, und als ich zurückkam, hatte er sich mit seinen Kleidern, seiner Stereoanlage und seinen Platten in meiner Wohnung eingenistet. Dabei vermittelte er das Gefühl, mir einen immensen Gefallen zu tun, indem er mir erlaube, mich um ihn zu kümmern. So war ich plötzlich verheiratet, ohne es bemerkt und wahrscheinlich auch nur gewollt zu haben, mit allen Verpflichtungen und Problemen einer Ehe, betrogen von der subtilen Perversion einer Beziehung, die dadurch, dass kein Gesetz sie abgesegnet und legalisiert hatte, scheinbar das Ergebnis einer stetigen freien Wahl beider war. Ich wollte gar nicht heiraten und hielt diese Entscheidung für den Beweis von Reife und Eigenständigkeit. Vielleicht machte ich mir auch vor, dass dieser harmlose Regelverstoß es mir ermöglichte, mich von deinem Modell zu distanzieren und mir einzureden, dass mein Leben nun endlich nicht mehr die bloße Reproduktion des deinen war. Heute weiß ich, dass dies zutraf, wenngleich auf die schlimmstmögliche Art: Papa liebte dich, begehrte dich, umwarb dich. Ich erinnere mich noch gut an eure Umarmungen in der Küche, die langen Küsse, die ich erstaunt beobachtete und an deren Ende du verlegen lachtest und er mit gerötetem Gesicht fragte, was es da zu gucken gäbe. Ich war ein Kind, das sich der Liebe zwischen seinen Eltern sicher sein konnte, sicher, dass der Nährboden dieser Liebe Respekt, Bewunderung, die dauerhafte Wertschätzung der wechselseitigen Qualitäten war, auch der physischen wie Schönheit und Sex-Appeal, die ich damals zwar noch nicht benennen konnte, intuitiv aber durchaus wahrnahm.

Das auf diese etwas ungewöhnliche Art begonnene Zusammenleben, das ich mehr ertrug als erwünschte, währte sechs Jahre, und in den ersten fünf Jahren schien es mir das Beste, was mir hatte passieren können. Mein langsamer Aufstieg aus Verzweiflung und Ohnmacht, der mich dazu geführt hatte, auszuziehen, wurde zwar jäh gestoppt, doch ich redete mir lange Zeit ein, dass er nun seinen endgültigen und würdigen Abschluss gefunden hatte.

Mein neues Leben als Mitbewohnerin oder Ehefrau, wie immer man es nennen möchte, hatte die Gewohnheiten meiner Familie nicht grundlegend verändert, im Gegenteil, in mancher Hinsicht hatte die Freundschaft zwischen meinem Lebensgefährten und meinen Brüdern, die schon vor unserer Beziehung bestanden hatte, mich zurück an den heimischen Herd geführt. Am Anfang verbrachten ich und er die Wochenenden in seinem Ferienhaus in den Bergen. Doch dann waren die Renovierungsarbeiten an dem neuen Haus beendet, in dem Papa mir ein sehr hübsches Zimmer eingerichtet hatte, und die Mutter meines Freundes beschloss, ihr Haus anderweitig zu vermieten, so dass wir schließlich jegliche Ferien, egal ob lang oder kurz, mit meiner Familie verbrachten. Meine Geschwister waren schon erwachsen, und Papa hatte seinen Wohnsitz ganz in das Bergdorf verlegt, wo man ihn zum Bürgermeister wählte: Ganz allmählich wurde es fast zur Verpflichtung, ihn jedes Wochenende dort zu besuchen und wie früher gemeinsam in dem großen Haus zu wohnen, das er genau für diesen Zweck gekauft hatte. In dieser Situation begann ich wieder all den Aufgaben nachzukommen, von denen ich mich mit meinem Auszug befreit hatte. Und meine Brüder fanden es selbstverständlich, dass alles seinen gewohnten Gang ging, dass sie sich abends um neun nach dem einen oder anderen Aperitif mit Freunden an den gedeckten Tisch setzen konnten, da ich eingekauft und gekocht hatte und mein Mann ja ohnehin bei ihnen war. Auch mir schien es normal, legitim, irgendwie sogar befriedigend, und ich sagte mir, dass dies an zwei Tagen der Woche ein erträglicher Kraftaufwand sei, dass ich es für Papa täte und mir Kochen sowieso Spaß mache und mich erfülle.

So hatte ich wieder, vielleicht mehr noch als früher, deinen Posten eingenommen, und die seltenen Male, die mein Freund sich über diesen Zustand beklagte, tat er das nicht etwa, um mir zu helfen oder mich in Schutz zu nehmen, sondern einzig und allein weil er das Gefühl hatte, ich würde ihn in meiner Sorge um die anderen vernachlässigen.

Im Rückblick kommen mir die Jahre des Zusammenlebens wie eine lange Zeit der Unzufriedenheit und Frustration vor, doch wahrscheinlich empfand ich es damals anders, zumindest hoffe ich das. Mein eheartiges Leben war in manchen Aspekten zwiegespalten und ich war mir darüber durchaus im Klaren, nahm es jedoch mit einer Art resignativer Akzeptanz hin – wahrscheinlich eine subtile Form von Masochismus. Mein Freund war sehr stolz auf meine Intelligenz, meine Gutherzigkeit, meine Bildung, auf all die moralischen und geistigen Gaben, die er vor Publikum freimütig lobte und pries. Privat jedoch durchlebten wir immer wieder Phasen, in denen er scharf meine fehlende Weiblichkeit, meine mangelnde Attraktivität, meine unterdrückte Sexualität angriff. Bei ihm fühlte ich mich wieder hässlich, dick und unattraktiv, versteckte mich in weiten Kleidern und gelangte voller Scham zu der Überzeugung, für andere

Männer nicht interessant zu sein und meinem Schicksal dafür danken zu müssen, dass Mister Fifty trotz allem bereit war, mit mir zu leben. Die Zeit, in der ich alleine gewohnt hatte, täglich umgeben von Freunden, als ich zum ersten Mal eine leidenschaftliche Liebe erlebt hatte, welche mir ganz unbekannte Seiten meiner selbst, meines Körpers und meiner Seele offenbart hatte, kam mir nun irreal vor, etwas, das mit Abscheu und Scham zu betrachten sei wie das Resultat eines plötzlichen Wahnsinns.

Die wenigen Alarmglocken, die hin und wieder in meinem Kopf schrillten, lösten immense Schuldgefühle bei mir aus. Einmal hatten wir einen Freund zum Essen eingeladen, den wir viele Jahre nicht gesehen hatten, da er nach Spanien gegangen war und dort geheiratet hatte. Als wir uns gegenseitig aus unserem Leben erzählten, sagte ich, dass ich zwei Jahre lang allein gelebt hatte und es mir dabei sehr gut gegangen war, worauf mein Freund mich unterbrach und im Brustton der Überzeugung einwarf: »Aber heute geht es dir besser.« Ich erwiderte nichts, doch eine innere Stimme enthüllte mir plötzlich, dass das gar nicht stimmte, dass ich vielleicht gar nicht so glücklich war in der Rolle der modernen Frau, die gut ausgebildet und engagiert ihrer Arbeit nachgeht und dennoch stets bereit ist, köstliche und ausgefallene Dinge zu kochen, ja sogar Brot zu backen, wenn der Bäcker montags nach Schulschluss schon geschlossen hat, nur damit ihr Freund kein aufgetautes Brot essen muss, das er so hasst.

Die meisten meiner Erkenntnisse und Zweifel waren jedoch nur vorübergehender Natur, und gewöhnlich war ich zufrieden und sehr stolz darauf, eine Frau der Neunziger zu sein, mit einem sicheren Job und einer klaren sozialen Rolle sowie einem großen Freundes- und Kollegenkreis, der unabhängig von Familie und Ehemann funktionierte, eine Frau, in der aber auch das Beste von jener aus den Sechzigern weiterlebte, der ich immer nachgeeifert hatte. Dem äußeren Schein zum Trotz konnte ich mir einfach nicht eingestehen, dass du wirklich tot warst und ich dich gehen lassen musste, dass ich dir das Leben, welches das Schicksal dir verweigert hatte, niemals würde zurückgeben können. Mir schien es ausreichend, deinen überlieferten Gerichten neue Rezepte hinzuzufügen, die ich zu verschiedenen Anlässen wie Weihnachten, Ostern oder den zahlreichen Geburtstagen der immer zahlreicher werdenden Familie erprobte, um mich vor dem Vorwurf oder dem Verdacht zu schützen, vergeblich deinem Modell nachzueifern.

Geschmorter Seeteufel mit Kapern

Für acht Personen:

4 EL gutes Olivenöl, 1 Zwiebel
2–3 Möhren, 1 EL Kapern
1 Stange Staudensellerie
150 ml trockener Weißwein
250 ml Wasser, 80 ml Sahne
1,2 kg Seeteufel
Thymian, Majoran,
Petersilie, Salz

Zwiebel, Möhren und Sellerie putzen und waschen, in kleine Würfel schneiden und im erhitzten Olivenöl glasig dünsten. Einen Esslöffel Kapern dazugeben, mit Wein und Wasser ablöschen und einige zusammengebundene Zweige Thymian und Majoran in die Brühe geben. Alles zusammen bei geschlossenem Topf etwa 6 Minuten köcheln lassen, dann salzen und den gewaschenen und gesäuberten Fisch hineinlegen. Fisch ebenfalls salzen und auf kleiner Flamme etwa 30 Minuten schmoren. Anschließend den Fisch herausheben, abtropfen lassen und auf einem Teller warmstellen. Den Fond nun auf höherer Flamme bis etwa auf die Hälfte einkochen. Kräuter herausnehmen, Sahne und einen Teelöffel gehackte Petersilie hinzugeben. Die eingedickte Soße über den Fisch gießen und alles heiß servieren.

Seeteufel gehörte zu Papas Lieblingsfischen. Er hatte seine Kindheit und frühe Jugend in einem Küstenstädtchen verbracht und schwärmte uns häufig von einem Petersfisch oder einem Steinbutt vor, den er irgendwo in einem Restaurant gegessen hatte. In deiner Rezeptsammlung gab es nicht viele Fischgerichte, so dass ich einmal für Heiligabend eine etwas andere Zubereitungsart ausprobierte, als Ausdruck für neue Tendenzen in der Küche, die mir zwanzig Jahre nach deinem Tod doch Welten von den geschmacklichen Vorlieben und Zutaten deiner Generation entfernt schienen. Die Kombination der Geschmacksrichtungen ist bei diesem Gericht tatsächlich außergewöhnlich, da die salzigen Kapern dem zarten Fischfleisch eine kraftvolle Note verleihen, ein Kontrast, der von der Sahne gemildert wird, während die den Gemüsefond beherrschenden Möhren dem Ganzen einen süßlichen Grundton geben.

Als Hauptgang eines insgesamt leichten Essens gefiel dieses Fischgericht meinem Vater, meinem Lebensgefährten, meinen Geschwistern, ihren Partnern und Kindern gut, und alle machten mir aufrichtige Komplimente, auch wenn die Atmosphäre bei unseren Familienfesten seit einigen Jahren eher angespannt war. Damals machte ich Lele und Chicca mit ihren schwierigen Charakteren für die Gereiztheiten und Zankereien verantwortlich, die in schöner Regelmäßigkeit bei jeder Feier ausbrachen und am Ende alle Anwesenden hineinzogen. Da Papa darauf immer traurig und enttäuscht reagierte, war meine Hauptsorge, ihn wieder aufzuheitern, und mir wäre es nicht im Traum eingefallen, dass diese Spannungen ein Ausdruck jahrelang angestauter Probleme sein könnten, verlogener Beziehungen, deren Mittelpunkt ausgerechnet Papa war. Wer bei diesen Essen fehlte, warst du, du hast uns immer gefehlt seit jenem Weihnachtsfest, als du im Krankenhaus lagst und wir zwischen Omas und Tanten herumgereicht wurden, seit jenem Weihnachtsfest, als wir dir teure Geschenke machten, die Papa mit mir in den schönsten Geschäften Turins gekauft hatte und die du nie benutzen konntest, bis auf das rote Wollkleid, das er in einer fast rebellischen Geste auswählte, um es dir zehn Tage später anzuziehen, bevor sie dich in den Sarg legten. All die Jahre hatte es bei diesen Festen niemand gewagt, auch nur deinen Namen auszusprechen, niemand hatte je gesagt: »Wie schön wäre es, wenn Mama jetzt hier sein könnte!«, ein Satz, der es uns erlaubt hätte, endlich zu weinen und uns wenigstens dadurch wirklich vereint zu fühlen. Jedes Weihnachtsfest war es das Gleiche, der Kummer wurde versteckt und alle setzten eine Maske falscher Freude und künstlicher Güte auf, die am Ende aus Anlass eines unpassenden Geschenks oder eines banalen Zwischenfalls mit harschen Worten heruntergerissen wurde. Die Tatsache, dass Gianfranco inzwischen Kinder hatte, rechtfertigte zumindest teilweise die fast zwanghafte Wiederholung dieses Familienfestes, auch wenn es wahrscheinlich keiner mehr als solches wahrnahm, weil es immer und unvermeidlich zu *dem* Krisenereignis des Jahres wurde.

Seit einiger Zeit ertrage ich Weihnachten nur noch schwer, und letztes Jahr habe ich es endlich geschafft, das Fest alleine zu verbringen, in meiner Wohnung auf dem Sofa, einen Teller Lachshäppchen vor mir und einen Film mit Leonardo DiCaprio im Videorecorder, diesem tollen amerikanischen Schauspieler, der erst eine ganze Weile nach deinem Tod geboren wurde. Meine beleidigten und schmollenden Brüder hielten es für einen Anfall von Wahnsinn, doch für mich war dieses einsame Weihnachten die wichtigste Errungenschaft der letzten Jahre, eine Entschädigung für die vielen Feste voll Rührung und Schmerz, enttäuschten Erwartungen und unerwartetem Trost, voll Anspannung und Verzagtheit, schlechten Gefühlen und verschwendeter Energie, die in dem Weihnachtsfest 1995 gipfelten, dem letzten, das Papa noch erlebte und das mit der schrecklichsten Erfahrung meines Lebens zusammentraf. Ich war im zweiten Monat schwanger, und ausgerechnet wenige Tage vor Weihnachten hatte ein Ultraschall ergeben, dass der Fötus tot war. Nach allen notwendigen Untersuchungen hatte mir das Krankenhaus einen Ausschabungstermin für den 27. Dezember gegeben, weshalb ich in Mailand blieb und Heiligabend im Haus der Mutter meines Lebensgefährten mit seiner gesamten Familie verbrachte. In meiner Erinnerung war es ein trauriger, beklemmender Abend im Kreise von Leuten, die mir unpassende Fragen stellten und mich mit noch unpassenderen Witzen aufzuheitern versuchten, ohne dass mein Freund mich irgendwie vor ihrer Dummheit in Schutz genommen hätte. Noch heute spüre ich den Schmerz und die Demütigung darüber, dass meine private Tragödie bei ihnen Stoff für Klatsch und Tratsch war, doch begreife ich auch endlich, dass ein Großteil ihrer Kraft aus meinem Gefühl der totalen Verlassenheit erwuchs, das wahrscheinlich wiederum mit deinem Tod zusammenhing. Ich habe danach keine Kinder mehr bekommen, ja kaum etwas habe ich in den darauffolgenden Jahren so gefürchtet wie eine erneute Schwangerschaft. Ich weiß, dass ein Großteil der Frauen, die eine Fehlgeburt hatten, das Gefühl von Verlust und Verzweiflung teilen, das ich damals empfand, denn vielen meiner Freundinnen ist vor oder nach mir dasselbe passiert und wir haben lange darüber geredet. Doch ich weiß auch, dass ich einen zusätzlichen Grund zu leiden und zu trauern hatte, dass meine Katastrophe noch einen anderen Beiklang besaß. Hätte ich die erwartete Tochter bekommen – niemals wäre es mir als werdende Mutter in den Sinn gekommen, dass es ein Junge sein könnte –, wäre ich endgültig wie du geworden, hätte aber alles unternommen, um am Leben zu bleiben, meine Tochter großzuziehen und ihr all das zu geben, was du mir nicht geben konntest. Ich hätte ihr das Kochen beigebracht, hätte sie meine Bücher lesen lassen, hätte ihr aber auch erklärt, dass ich Fehler habe, an denen ich sehr hänge; ich hätte sie gebeten, mir zuzugestehen, nicht perfekt zu sein, hätte mich mit ihr streiten und beobachten können, wie sie sich von mir wegentwickelt, hätte vielleicht darunter gelitten, aber auch ein großes Gefühl der Befreiung verspürt. Möglicherweise wäre sie eine unglückliche Tochter geworden, weil ich versucht hätte, sie zum Ausdruck meiner selbst zu machen, ihr die Mutter zu geben, die ich nicht hatte, und damit viel Verwirrung gestiftet hätte zwischen der Liebe und dem Wunsch nach Ablösung.

Du hattest mir erzählt, dass du zwischen Gianfrancos und meiner Geburt ein Kind verloren hattest, und in meinen Phantasien war dieser ungeborene Bruder immer ein möglicher Verbündeter gegen Gianfrancos Überheblichkeit und Leles Streiche gewesen. Die Tatsache, dass du mir davon erzählt hattest, als ich noch sehr klein gewesen war, schien mir in diesen schrecklichen Tagen, in denen ich das Gleiche durchlitt wie du, der beste Beweis, dass solch ein Ereignis durch nichts wiedergutzumachen ist, nicht einmal durch ein oder mehrere nachfolgende Kinder. Jetzt bin ich in der Lage, das Ganze rational zu betrachten und mir zu sagen, dass die Verzweiflung, die eine Frau nach einer Fehlgeburt überkommt, nichts anderes ist als eine narzisstische Kränkung. Dennoch reicht das nicht aus, um das Gefühl des Verlustes zu überwinden, das mich immer noch überfällt, sobald ich an dieses ungeborene Mädchen zurückdenke, an diesen winzigen Klumpen Blut, den die überaus netten und verständnisvollen Ärzte eines Dezembermorgens aus mir herausschnitten – und mit ihm für immer ein Stück von mir. In so einer Situation gibt es leider keine passenden Worte oder Taten, und häufig sind Ehemänner ganz unschuldigerweise am allerwenigsten geeignet, uns zu trösten. Der meine verhielt sich auch in dieser Situation entschiedenermaßen unpassend, weil er genervt war, sobald er sah, dass ich trauerte, und mit brüsken Sätzen wie »Ich habe schließlich auch ein Kind verloren« auf seinem Recht pochte, ebenfalls zu leiden. Das Ergebnis war, dass ich mich schuldig fühlte und ihn über meinen Schmerz hinwegzutrösten versuchte.

Selbst psychologisch völlig ungebildete Menschen wissen, was mit Trauerarbeit gemeint ist und dass dieser Vorgang normalerweise seine Zeit braucht. Unter all den möglichen Verlusten hingegen wird eine Fehlgeburt vom Umfeld der betroffenen Frau häufig als etwas angesehen, von dem man sich schnell erholen kann und soll, da man nach vorne schauen muss und die Lebenden, allen voran die anderen Kinder, soweit vorhanden, Zuwendung und Liebe brauchen. Ein Schwangerschaftsabbruch ist eben etwas, das komplett im Innern abläuft, das nicht wie ein »echter« Tod geteilt oder vermittelt werden kann und daher weitgehend unverstanden bleibt. Meine Freundinnen machten da keine Ausnahme, sie haben ihren Schmerz versteckt, ihr normales Leben wiederaufgenommen und sich ein Stückchen mehr allein gefühlt. Und auch ich machte keine Ausnahme, unter anderem weil wenige Wochen nach dem Eingriff Papa erkrankte und sich alle Aufmerksamkeit, einschließlich meiner, auf ihn konzentrierte.

Die Krankheit, die meinen Vater in den Tod führte, war sehr kurz; ausgehend von den ersten Symptomen dauerte sie kaum mehr als drei Monate. Die erbarmungslose Brutalität des Geschehens verhinderte, dass wir uns wirklich darüber klar werden konnten, was da eigentlich vor sich ging. Die zahlreichen Ärzte, die ihn behandelten, waren noch nicht einmal zu einer genauen Diagnose gelangt, als er eines Morgens im Mai in dem Krankenhaus, in das er sich für weitere Untersuchungen begeben hatte, an einer Lungenembolie starb. Einige Wochen vor seinem Tod hatte ich etwas Beunruhigendes erlebt: Es war Samstagnacht und alle schliefen, als Papa plötzlich mitten in die Stille hinein zu schreien begann, weil er solche Rückenschmerzen hatte. Nur ich hörte seinen Hilferuf, stand auf und ging in sein Zimmer. Kaum dass ich die Schwelle übertreten hatte, brach ich jedoch bewusstlos zusammen und schlug mit dem Kopf gegen die Bettkante. Daraufhin eilten meine Geschwister herbei und kümmerten sich um ihren schreienden Vater wie auch um mich, die ich auf dem Boden saß und wirres Zeug redete. Der Aufruhr legte sich allmählich. Papa nahm ein paar Schmerztabletten und schlief wieder ein, ich kehrte in mein Bett zurück, und am nächsten Tag zogen mich alle damit auf, dass ich zu Hilfe geeilt war, um dann selbst Hilfe zu brauchen. Auch ich versuchte, darüber zu lachen, doch mir blieb das Lachen im Halse stecken, denn meine Bewusstlosigkeit kam mir wie die Ankündigung eines Todes vor, und der Versuch, es rational zu betrachten und auf einen Blutdruckabfall zurückzuführen, reichte nicht aus, um dieses Gefühl zu vertreiben. Wieder einmal musste ich an dich in einer ähnlichen Situation denken: als wir eines Nachts von einem Anruf der Großmutter geweckt wurden, die dir vom anderen Ende der Welt aus mitteilte, dass Großvater einen Schlaganfall erlitten habe und in ein Krankenhaus in Hongkong eingeliefert worden sei. Ich war damals schon zehn, daher erinnere ich mich sehr deutlich an jene Nacht. Papa tröstete dich und sagte, es sei bestimmt halb so schlimm, morgen sehe schon alles besser aus. Doch du erwidertest ruhig, aber entschieden: »Ich fühle, dass ich meinen Vater nie mehr wiedersehen werde.« So kam es dann auch: Drei Tage später starb Großvater, und Papa fuhr hin, um ihn zurückzuholen. Aus dieser Erinnerung speiste sich meine Unruhe wegen Papas Krankheit, während Schuldgefühle mich ermahnten, nicht einmal daran zu denken, dass die Geschichte sich wiederholen könnte, Papa habe nichts Schlimmes, würde bald kuriert sein, und ich solle aufhören, den Teufel an die Wand zu malen. Und doch fühlte ich mich in jenen Tagen wie gefangen in einer Atmosphäre des Todes:

Ohne mich jemandem anzuvertrauen, war ich davon überzeugt, dass ich ohnmächtig geworden war, um nicht das Leiden meines Vaters mitansehen zu müssen, das in meinen Augen den Anblick seines bevorstehenden Todes vorwegnahm.

Meine Geschwister und ich erlebten Papas Tod völlig anders als deinen, viel bewusster und daher existenzieller, mit einem Gefühl des Verlassenwerdens, gegen das nicht einmal der liebevolle Beistand der jeweiligen Angehörigen, Ehemänner oder -frauen, Kinder oder Verlobten, etwas auszurichten vermochte. Heute glaube ich, dieser Schmerz wurde noch von dem unterschwelligen Gefühl verstärkt, dass mit dem Tod unseres Vaters, der uns fünfundzwanzig Jahre die Mutter ersetzt hatte, du selbst noch einmal gestorben seist.

In diesen Tagen, während ich mich um die Auswahl von Sarg und Krawatte kümmerte, während ich lernte, dass die Toten ohne Schuhe begraben werden, während ich nette Worte für die vielen Freunde fand, die in aufrichtiger Trauer für einen letzten Gruß vorbeikamen, in diesen Tagen vermisste ich dich auf einmal schrecklich. Zum ersten Mal im Leben konnte ich keine Entscheidungen mehr treffen, fühlte ich mich klein und einsam wie nicht einmal am Tag deiner Beerdigung. Als sie dich damals in der Totenkapelle aufgebahrt hatten, an einem eisigen Januarnachmittag viele Jahre zuvor, erinnerte ich mich, wie du dich an Opas Beerdigung verhalten hattest, wie du, ohne eine Träne zu vergießen, zwei Rosen aus dem Bukett vom Sarg gezogen hattest und von Papa und Großmutter weggegangen warst, dir vor Wut auf die Lippen beißend. Auch ich wollte eine Blume von deinem Bukett, doch Papa hatte die meisten selbst abgenommen, um sie zu Hause zu trocknen, und so konnte ich, um wie du zu sein, nichts anderes tun, als eben nicht zu weinen. Ein Vierteljahrhundert später, während Papa neben dir eingemauert wurde und das Ritual des Abschiednehmens und Danksagens begann, konnte ich mich nur auf das Nachbargrab setzen und weinen, ein unaufhörlicher stiller Fluss, als gehörten die Tränen nicht zu mir, sondern unterlägen einer inneren Kraft, die ich hilflos über mich ergehen lassen musste. Zum ersten Mal seit vielen Jahren hatte ich ein klares Bild von dir im Kopf, und das Bild deines Gesichts schob sich machtvoll vor das von Papa, dessen Konturen plötzlich verblassten.

Es begann eine Zeit des unerträglichen Schmerzes, der mich in regelmäßigen Abständen ohne Vorwarnung überfiel und nach stundenlangem Weinen matt und kraftlos zurückließ. Ich arbeitete, kaufte ein, kochte für meinen Lebensgefährten, traf mich mit Freunden, doch nichts hatte mehr Sinn außer dem Schmerz, dem unerträglichen Gewicht auf meinem Magen, den herzzerreißenden Schreien, die ich hin und wieder durch mein Zimmer hallen hörte, ohne zu merken, dass ich selbst sie ausstieß. Meine verlorene Tochter schien endgültig aus meinen Gedanken verschwunden zu sein, doch heute weiß ich, dass sie sich mit dem anderen kleinen Mädchen verbündet hatte, das all die Jahre in mir verborgen gewesen war, und zusammen forderten sie jetzt Gehör.

Die Verbindung zu meinen Geschwistern war fester geworden, wir sahen uns noch häufiger und versammelten uns in dem Haus in den Bergen, um so in gewisser Weise unseren Vater am Leben zu erhalten. Wir hängten die Geranienkästen wieder an die Balkone, schlossen sein Zimmer ab, ohne auch nur den Kleiderschrank geöffnet zu haben, und taten so, als würde er früher oder später zurückkehren. Das ganze Tal hatte an der Trauerfeier des heißgeliebten Bürgermeisters teilgenommen, und daher fühlte ich mich noch viele Monate lang in der Pflicht, sein Andenken in der Öffentlichkeit zu ehren. So organisierte ich zum Beispiel Konzertabende, zu deren Beginn ich den verschiedenen örtlichen Honoratioren für die Ermöglichung dankte, und dann rezitierte ich die Verse aus Eugenio Montales Gedicht »Stimme im Flug der Blässhühner« (Erinnern ist nicht Sünde, wo es dient/sonst aber ist es Maulwurfsschlaf, Zerfall,/der auf sich selber schimmelt). Ich war sehr stolz auf mich, fühlte mich den Dingen gewachsen, reif und gelassen. Ich sagte mir, die Dinge würden schon wieder ins Lot kommen, der Alltag würde sich einstellen und nach und nach mit einer subtilen Nostalgie überziehen, die der Trauer um die Vergangenheit entsprang, aber von der starken Präsenz des Geistes getröstet wurde. Papa war nur physisch tot, er konnte uns immer noch führen. Diese sehr romantische Sichtweise teilten auch meine Geschwister, und ich empfand sie als einen Schatz, auf den ich stolz sein konnte, als einen Bezugspunkt, mit dessen Hilfe ich weitermachen konnte wie bisher.

Doch mein Leben hatte sich von Grund auf verändert, und nach und nach musste ich mir das eingestehen: Ich hatte siebenunddreißig Jahre gebraucht, um endgültig erwachsen zu werden, nun konnte ich nicht mehr zurück. Das Erwachsensein bedeutete auch, persönliche Entscheidungen, festgefahrene Beziehungen und sogar das Bild von mir selbst zu überdenken.

Als das nächste Weihnachten näher rückte, verließ ich meinen Lebensgefährten, meine Wohnung, meine Katze, meine Blumen. Luisa, die in derselben Ortschaft bei Varese lebt, wo ich geboren bin, sah meine Verzweiflung und Verlorenheit und bot mir eine kleine Einliegerwohnung in ihrem geräumigen Haus an. Ich zog zu ihr in ein ideales Umfeld, in dem meine Einsamkeit, die ich so dringend brauchte, dank der diskreten und liebevollen Präsenz meiner Freundin niemals Gefahr lief, sich in Isolation zu verwandeln. In den zweieinhalb Jahren, die ich in jenem Haus in meiner Geburtsstadt lebte, wurde ich langsam neu geboren, nicht nur, weil ich mich dem Schmerz über Papas Tod stellte und ihn überwand. In dieser Zeit, in der ich viel allein war, weil ich weiterhin in Mailand arbeitete und das anstrengende Leben eines Pendlers führte, fand ich einen authentischeren Zugang zu Teilen meines Selbst, begann wieder so viel zu lesen wie in vergessenen Zeiten, kochte wieder aus reiner Freude und nicht, um jemandem zu gefallen, lernte, dass der Satz »Mit vierzig geht das Leben erst los« keine Binsenweisheit aus Illustrierten ist, sondern eines der großen Geheimnisse des Lebens.

In den sieben Jahren meiner Beziehung hatte ich keine einzige Zeile in meine Hefte geschrieben. Als ich wieder allein lebte, begann ich auch wieder zu schreiben, an mich selbst. Ich füllte zwei Hefte pro Jahr und konnte dank des Schreibens mein Leben mit anderen Augen sehen, das aktuelle ebenso wie das lang vergangene.

Langsam, wenn auch mit unaufhaltsamer, gegen meinen Willen wachsender Kraft hast du dich selbst dann noch, als die Sache mir allmählich Angst machte, in meine Gedanken gedrängt und dort den Platz erobert, der dir zustand und der drei Jahrzehnte lang von deinem stummen, ausdruckslosen Trugbild besetzt gewesen war. Es war nicht leicht, dich wiederzufinden, es erforderte harte, ausdauernde und geduldige Arbeit. Zuallererst musste ich meine Selbstzensur überwinden, um dann nach Informationen über dich zu suchen, wobei ich häufig gegen das Misstrauen jener anzukämpfen hatte, die glaubten, dass mir gewisse Wahrheiten über dich weh tun würden. Es war eine Reise, die ich alleine antreten musste, auf die ich meine Geschwister weder mitnehmen konnte noch wollte. Sie begeben sich vielleicht früher oder später auf denselben Weg, oder aber sie verschanzen sich weiterhin hinter den scheinbaren Sicherheiten, in denen unser Leben viele Jahre lang verankert war.

Es ist eine Reise, die mich unvermeidlich zu jenem Novembertag geführt hat, als ich morgens aufstand und feststellte, dass ich dich altersmäßig überrundet hatte, dass ich tatsächlich älter war als du. Jetzt endlich kann ich an dich denken, mit dir reden, mich dir ebenbürtig fühlen, und endlich würdige ich mein Glück, am Leben zu sein, meine Fähigkeit, immer, wenn das Leben mir Probleme bereitet, wieder neue Kräfte zu sammeln. Ich glaube, dass ich eine Aufgabe und zugleich den Willen und das Bedürfnis habe, nicht nur mit dir, sondern auch über dich zu sprechen, dir deine Wahrheit als Frau wiederzugeben, die der Tod dir genommen hat und die der Schmerz unter dem Kleid der Heiligkeit und der Perfektion versteckt hat. Ich habe nicht den Wunsch, mit dir abzurechnen, im Gegenteil, ich möchte die Rechnung immer offenhalten, ich möchte dich wiederfinden und nie mehr loslassen, wie man es mit seinem Traumprinzen tut. Denn seit ich beginne, dich besser kennenzulernen, kommt mir das Leben schöner vor, die Leidenschaft wahrer, die Liebe unverzichtbarer.

Artischockenflan

4 mittelgroße Artischocken

80 g Butter

30 g Mehl

500 ml Milch

3 Eier

30 g geriebener Parmesan

Salz

Muskat

Butter und Semmelbrösel für die Form

Die Artischocken von den Stielen und harten Blättern befreien, in der Mitte durchschneiden und das Heu entfernen. Die acht Hälften schnell in eine Schüssel mit Zitronenwasser tauchen, damit die Schnittstellen nicht schwarz werden. In sprudelndem Salzwasser weichkochen, abgießen und im Mixer pürieren, bis eine homogene Masse entsteht. In der Zwischenzeit aus Butter, Mehl und Milch eine Béchamelsoße zubereiten, diese etwa zehn Minuten einkochen lassen und dann vom Herd nehmen und abkühlen lassen, bis sie nur noch lauwarm ist. Das Artischockenpüree hinzugeben, mit Eiern, Parmesan, Salz und reichlich Muskat verrühren. Eine Pudding- oder Gugelhupfform gut einfetten und Semmelbrösel darin verteilen. Die Masse in die Form gießen und im Wasserbad bei 150–180 Grad etwa eineinviertel Stunden lang im Ofen fest werden lassen.

Heute Abend kommen ein paar Freunde zum Essen, und zum ersten Mal im Leben wage ich mich an den Artischockenflan. Es ist das Anfangsrezept in Großmutters Heft, und sie macht es sich sehr einfach damit: Sie erklärt weder, welche Form man benutzen soll, noch sagt sie, bei welcher Temperatur er gebacken wird, das Mehl ist in Löffeln bemessen und die Milch in Tassen. In Wirklichkeit handelt es sich um ein anspruchsvolles Gericht und es ist nicht leicht einzuordnen, da es nicht einfach eine Beilage, aber auch kein Hauptgang ist, der ein *Primo* oder ein *Secondo* ersetzen könnte. Dieser Flan ist ein kulinarisches Extra, eine jener Leckereien, wie sie in der modernen Küche rar geworden sind, vor allem im familiären Rahmen. Er ist ein echter Liebesbeweis für die Gäste, die ihn kosten dürfen. Dabei kann nicht einmal die Übung, die mir in diesem Fall ohnehin fehlt, vor dem Misslingen schützen, vor der Panik, dass der Flan, sobald er aus dem Ofen gezogen wird, in sich zusammenfällt.

Tatsächlich war der Flan an einem Sonntag, als Oma Lina, die Mutter meines Vaters, bei uns zu Mittag aß, in sich zusammengefallen. Ich erinnere mich noch gut an deine wütenden, enttäuschten Tränen, an Papas Verlegenheit, an Omas Befremden angesichts deiner scheinbar unverhältnismäßig heftigen Reaktion. Und ich erinnere mich, dass du tags darauf eine alte Tante anriefst, mit der dich ein sehr viel liebevolleres Verhältnis verband als mit deiner Schwiegermutter oder selbst mit deiner eigenen Mutter. Du erzähltest ihr, was vorgefallen war, und ließest dich von ihr, die schon häufig deine perfekt aufgegangenen und aufrecht auf dem Teller thronenden Flans genossen hatte, trösten. Aufgrund dieser Erinnerung war der Artischockenflan in meinen Augen immer ein Feind, oder besser gesagt ein treuloser Freund, der die Köchin ganz nach Belieben verraten und demütigen konnte.

Jahrelang habe ich mir gesagt, wenn selbst du von ihm verraten wurdest, habe ich wenig Chancen, dass er mir gelingt, und so blieb der Flan wohl das letzte auf der Liste der unmöglichen Gerichte meiner Jugend. Inzwischen sind die Akteure jenes Dramas jedoch alle tot – du, Oma Lina, Tante Nanda, Papa –, und das Kind, das ich war, ist endlich erwachsen geworden und hat keine Angst mehr vor Gespenstern.

Im Gegenteil, in den letzten Jahren, seit ich unter vielen Mühen und Schmerzen meinen Weg zurück in die Welt gefunden habe, rief ich die Gespenster freiwillig, indem ich jahrzehntelang gehütete Briefe ausgrub, meinen Tanten Familiengeheimnisse über dich entlockte und dabei auf Skandale und Leid stieß, die deiner Beziehung zu Papa ihren unverwechselbaren Stempel aufgedrückt und wahrscheinlich auch dich für immer gezeichnet haben. Vielleicht mache ich es mir damit ebenso leicht wie Großmutter mit ihrem Flanrezept, doch aus der Rekonstruktion deines Lebens, aus der ebenso schwierigen wie notwendigen Recherche der vergangenen paar Jahre trittst du mir nun als viel interessantere Persönlichkeit entgegen, scheinst du mir näher als zuvor, liebenswerter und der Trauer würdiger als die heilige Gisella, Mutter und Märtyrerin, die zu verehren ich gelernt hatte.

Im Herbst 1946, du warst neunzehn, lerntest du einen um vieles älteren Mann kennen, der Maler war und in Mailand eine Dachwohnung bewohnte. Niemand weiß, wie er hieß, niemand hatte je von ihm gesprochen, aber ich erinnere mich, dass Papa, als du schon Jahre tot warst, mir einmal von eurer Hochzeit erzählte, von der es kein einziges Foto gibt. Es ging um dein Kleid, das, wie ich von dir wusste, blau und knielang gewesen war. Ich hatte mich damals gewundert, denn in meiner Vorstellung musste eine Braut ganz in Weiß gekleidet sein, von Kopf bis Fuß, wie auf den Bildern, die ich in der Schule malte, wo die Bräute in der Mitte des Blattes zwischen blauem Himmel und grüner Wiese schwebten, neben sich den Bräutigam mit einem Zylinder auf dem Kopf. Viele Jahre später hatte Papa mir also erklärt, dass du in Blau geheiratet hattest, weil du eine Nonkonformistin warst, ein Wort, das alles und nichts erklärte, und er hatte gesagt, dass du auf dem Fest mit jedem deiner Verflossenen getanzt hattest, um dich von ihnen zu verabschieden. Ich hatte geglaubt, das sei ein Witz, ja eine dreiste Lüge, mit der er dich emanzipierter darstellen wollte, als meine Phantasie es jemals erlaubt hätte. Vielleicht befand sich unter deinen Verflossenen auch der berühmte Maler, der Mann, den die Großmutter bis ins hohe Alter nur ein einziges Mal erwähnte, und das mit einem für eine schwächelnde Achtzigjährige noch sehr lebhaften Groll: »Du hast ja keine Ahnung, was deine Mutter mir alles zugemutet hat!«

Dieser Maler muss deine erste große Liebe gewesen sein und dein erster Liebhaber. Als ich davon erfuhr, habe ich dich sofort um diese leidenschaftliche Beziehung beneidet, und das nicht nur, weil ich selbst die Leidenschaft erst viel später kennengelernt habe. Ich stellte mir vor, dass die Liebe zu diesem Mann deine Form der Rebellion gegen deine Mutter gewesen war, gegen die sozialen Konventionen und das Spießbürgertum der vierziger Jahre, dass du durch sie deine Autonomie bewiesen und deine Identität gefunden hattest, nämlich mit dem klassischen

Mittel der Frauenbewegung, dem Sex, den ich immer für eine Entdeckung meiner Generation gehalten hatte. Wie gesagt, das ist meine Sicht deiner Lebensgeschichte und vielleicht irre ich mich, vielleicht schreibe ich dir Gefühle, Handlungen und Absichten zu, die du gar nicht hattest, sondern die mir nur an dir gefallen hätten. Vielleicht war dieser Mann auch verheiratet, vielleicht war die Mansarde, in der ihr euch traft, in Wirklichkeit sein Atelier. Jedenfalls griff Großmutter damals ein, um dem Spuk ein Ende zu machen, und schickte dich im Sommer 1947 mit einer Freundin und deiner dreizehnjährigen Schwester für die Ferien in ein Schwesternpensionat in die Berge, fernab aller Versuchungen. Dort trafst du Papa, der damals achtzehn war und dessen Vater gerade gestorben war. Er war schüchtern und etwas verklemmt, sah aber blendend aus mit seinem schwarzen Haar und den wunderschönen grüngrauen Augen, dieselben Augen – die bei Paolos Tochter wieder zum Vorschein gekommen sind. Es gibt noch ein paar Fotos aus jenem Sommer: ihr beide bei einem Ausflug auf einer Berghütte, zusammen mit anderen Freunden und Freundinnen und euren fast gleichaltrigen jüngeren Schwestern, die eine mit schwarzen, die andere mit blonden Zöpfen. Vor allem gibt es ein Bild von dir, wie du auf einer Wiese stehst, in Wanderschuhen und kurzer Hose, die Bluse um die Hüfte gebunden und die Haare vom Wind zerzaust. Du lächelst, schön, glücklich, attraktiv, wie nur eine Zwanzigjährige sein kann. Im darauffolgenden Jahr saht ihr euch wieder, nachdem ihr euch den ganzen Winter über geschrieben hattet. Du hattest die Pensionatsschwestern überredet, dir ein Einzelzimmer einrichten zu dürfen, direkt links hinter der Haustür, das bis dahin von niemandem genutzt worden war und voller Gerümpel stand. Dein Vorschlag wurde sehr begrüßt und als Beleg dafür aufgefasst, dass du deinen rebellischen Charakter ablegen und Hilfsbereitschaft zeigen wolltest, und so konntest du relativ unbehelligt kommen und gehen, auch nachts. Papa wiederum konnte dich heimlich besuchen, wenn alle glaubten, dass du schliefst, und seine Oma annahm, er sei mit Freunden unterwegs. Papa war noch Jungfrau, du nicht, aber ich weiß nicht, welche Art von Erfahrungen du gemacht hattest, ich weiß nicht, wie weit man dich nach heutigen Maßstäben als erfahrene Liebhaberin bezeichnen konnte. Damals war allein der Umstand, dass du einen jüngeren Mann in einem Schwesternwohnheim verführt hattest, skandalös genug, um dir den Stempel der unwürdigen Tochter aufzudrücken, der unerwünschten Schwiegertochter, der missratenen Schwester.

Das Ergebnis eurer Sommerliebe war eine Schwangerschaft, die eure Mütter derart entsetzte, dass sie sich mit allen Mitteln zu bekriegen begannen. Ich glaube, du und Papa wolltet dem auf nächstliegende Weise entgegenwirken, nämlich mit einer Hochzeit, doch dann griff Oma Lina ein, die ihren minderjährigen Sohn schützen wollte. Er hatte gerade erst Abitur gemacht und konnte sich sein Leben nicht von einer Frau ruinieren lassen, die allem Anschein nach nichts taugte. Also hielt sie deiner Mutter die Briefe des vorangegangenen Winters unter die Nase, die sie in den Sachen ihres Sohnes gefunden und stets heimlich gelesen hatte. Du sprachst darin von dem Maler, der als Erster »das Hühnchen gerupft« hatte, ein weniger elegantes Bild als »die Rose gepflückt«, aber zweifellos nicht minder anschaulich. Das Kind könne ja von jedem sein, wer wusste schon genau, ob nicht ein anderer an dem Hühnchen geknabbert hatte, der berühmte Maler etwa oder vielleicht sonst ein Liebhaber? Es waren Zeiten, in denen eine minderjährige Mutter es schwer hatte, von ihrer Umgebung akzeptiert zu werden, vor allem in einer Familie wie der deinen und einer Stadt wie der euren, in der Großvater Arzt war und einen Ruf zu verlieren hatte. Die einzig mögliche Lösung war, dich von dem Kind zu befreien und Papa von dir.

Ich kann mir nicht vorstellen, wie euer Leben in den darauf folgenden achtzehn Monaten aussah. Ich frage mich, ob ihr euch wenigstens schreiben, euch manchmal heimlich sehen konntet. Papa hatte begonnen, Jura zu studieren und gleichzeitig bei Fiat als Angestellter zu arbeiten. Wann immer es ging, legte er eine Prüfung ab, mit wechselndem Erfolg, was der Oma große Sorgen bereitete. Denn auch sie war, seit der Opa gestorben war, ihren Kindern Mutter und Vater zugleich und wünschte sich für sie ein abgeschlossenes Studium, Karriere, Erfolg und Glück. Ich will mir kein Urteil anmaßen, weder über sie noch über deine Mutter, klar ist jedoch, dass wieder einmal die Vorstellung von Glück, die die Eltern für ihre Sprösslinge hegten, in scharfem Kontrast zu dem stand, was die Kinder sich selbst wünschten. Um glücklich zu sein, brauchte Papa dich, und am Tag seiner Volljährigkeit sagte er zu seiner Mutter: »Heute gehe ich zu Gisella.« Es war Februar 1959, und es dauerte vier weitere Jahre, bis ihr endlich heiraten konntet. Wahrscheinlich wurde Papa von deiner Familie nur widerwillig akzeptiert, ihr müsst sehr hartnäckig gewesen sein. Immerhin glaube ich, dass Großvater einen entscheidenden Teil dazu beigetragen hat, denn er mochte dich sehr gern. Vielleicht wollte er, weil es ihm nicht gelungen war, Großmutter im richtigen Moment etwas entgegenzusetzen, das daraus entstandene Leid seiner Tochter mindern. Diese Gefühle könnten auch die Leidenschaft der Großeltern für Gianfranco erklären, der genau neun Monate nach eurer Hochzeit geboren wurde. Bisher hatten wir immer geglaubt, seine Sonderstellung hinge damit zusammen, dass er das männliche Enkelkind eines Paares ist, das selbst nur Töchter hatte, doch möglicherweise waren dabei auch unterschwellige Schuldgefühle und der Wunsch nach Wiedergutmachung im Spiel gewesen.

In Turin hattet ihr eine Mietwohnung in der Nähe vom Corso Re gefunden, wo Großmutter und die Tanten wohnten. Ich glaube, dass euer Leben nicht einfach war: Irgendjemand, ob du oder Großmutter, hat mir einmal erzählt, dass ihr am Anfang nicht einmal zwei Stühle hattet und dass du beim Essen auf dem Höckerchen saßest, das jahrelang nur das »Schuhhöckerchen« genannt wurde, weil darin, soweit ich mich erinnern kann, schon immer Schuhbürste und Schuhwichse aufbewahrt wurden. Als Gianfranco viereinhalb Jahre alt war, kam ich auf die Welt. Allmählich besserte sich eure finanzielle Situation, und meine ersten Erinnerungen sind mit dem Wohnzimmer in jener Wohnung verbunden: etwa an den Fernseher, in dem »Johanna, die Großmutter des Schwarzen Korsaren« lief, an eine Glasvase, die mein Bruder mit seinem Fußball zerschmetterte, woraufhin du ausgerastest bist, und an andere Alltagsbilder aus den Jahren des Wirtschaftswunders. 1962 machte Papa den Führerschein (du hattest ihn schon seit mehreren Jahren, aber ihr konntet euch bis dahin keinen Wagen leisten) und kaufte seinen ersten Fiat 1100. Im folgenden Jahr wurde Lele geboren, und wir zogen in eine größere, modernere Wohnung in einem Viertel am Stadtrand, näher an der Werksanlage Mirafiori, wo Papa Karriere machte.

1965 wurde Paolo geboren, 1968 Chicca, dein Meisterwerk, wie du gerne sagtest: das blonde, blauäugige Schwesterchen, das in einem Superachtfilm, den Papa im Sommer '69 während eines Sonntagsausflugs drehte, auf einer Wiese im Skiort Cervinia sitzt und Enzian mampft.

Ein paar Monate vor dem Ausflug, im Frühjahr, hattest du ins Krankenhaus gemusst und wir waren für einige Wochen bei den Großeltern und Tanten untergebracht worden. Niemand hatte mir richtig erklärt, was mit dir los war, es hieß immer nur, du seist müde, müsstest dich ausruhen, da du schlimme Bauchschmerzen hättest. Und tatsächlich klagtest du häufig über den ewig geblähten Bauch, der an einer so dünnen Frau wie dir besonders seltsam und beängstigend aussah. Ich erinnere mich vage an Narben und Infektionen, an deine Tränen vor Schmerzen und dass ich immer ganz verwirrt war, wenn ich dich weinen sah. Im Laufe der Monate lernte ich dann den Namen für deine Krankheit kennen, Colitis ulcerosa. Viel später, als ich mit zweiundzwanzig einen kleinen gynäkologischen Eingriff hatte und der Arzt, ein barscher, unfreundlicher Mann, mich bei der Anamnese nach Familienkrankheiten befragte, sagte er verächtlich zu mir, es könne nicht sein, dass du daran gestorben seist, an einer geschwürigen Dickdarmentzündung sterbe man nicht, wahrscheinlich hättest du einen Tumor gehabt. Eingeschüchtert von seiner brüsken Art, habe ich seitdem mit niemandem darüber gesprochen, habe auch niemals Papa danach gefragt, und so ist mir deine Krankheit bis heute ein Rätsel. Allerdings weiß ich mittlerweile aus einer Radiosendung, dass, wenn man auch heute nicht mehr an Colitis ulcerosa stirbt, das vor dreißig Jahren durchaus geschehen konnte. Und es war kein schneller Tod. Deine letzten zwei Lebensjahre waren eine lange Zeit der Schmerzen, des Zorns, der Tränen und des Schweigens in einer Atmosphäre wie aus Watte, trotz uns fünf Kindern. Und dann, wann immer es dir besserging, gab es Ausflüge, Blumensträuße, Ferien am See. Und viele Mittag- und Abendessen mit leckeren Sachen, wobei Anita dir bei den schwereren Hausarbeiten half. Sie war es auch, die am Abend deines Todes zusammen mit ihrem Mann zu uns kam und in Papas Armen verzweifelt weinte, ihn Signore nannte und dabei duzte, wie sie es mit dir getan hatte.

Im August 1970, nachdem Papa aus Amerika zurück war und wir gemeinsam meine Geschwister bei den Verwandten in Fiesole abgeholt hatten, machten wir uns im Auto auf den Weg nach Sizilien. Davor jedoch wurde Gianfranco, dem im September zwei Nachprüfungen bevorstanden, in einem Internat in Chiavari abgeliefert, damit er in Ruhe lernen konnte. Schon damals, als ich ihn mit Papa dorthin brachte und das Internat sah, fand ich das Ganze ziemlich grausam, und noch heute stimmt mich der Gedanke traurig, dass mein Bruder auf diese Weise um den letzten Urlaub mit dir gebracht wurde. Nach drei Tagen Autofahrt kamen wir schließlich in Altavilla Milicia an, in einem wunderschönen, auf einem Felsen direkt über dem Meer gelegenen Hotel nicht weit von Palermo. In den zwei Wochen Urlaub badeten wir viel, hatten eine Menge Spaß am Strand, besichtigten aber auch Monreale und Segesta, Agrigent und Piazza Armerina. Es war also kein reiner Erholungsurlaub, und vor kurzem, als ich mit meiner Tante daran zurückdachte, fragte ich sie, ob die anstrengende Reise in deinem Zustand nicht auch ein bisschen gewagt gewesen sei. Die Tante enthüllte mir dann, dass die ganze Familie euch davon abgeraten hatte, da alle eine solche Reise für puren Wahnsinn hielten, doch du hattest nichts davon hören wollen und dich allen Argumenten verschlossen, so dass Papa dir »wie üblich« nachgegeben hatte. Noch während die Tante mir das erzählte, tauchte aus den Tiefen der Erinnerung, wie häufiger mal, eine Szene auf: Unser Wagen steht auf einem Parkplatz hoch über dem Meer, unter uns ein Eukalyptusbaum und ein schneeweißer, menschenleerer Strand, und du sagst mit einer Ernsthaftigkeit, über die auch dein Lächeln nicht hinwegtäuschen kann: »Neapel sehen und sterben.« Und plötzlich verpuffte all die nachtragende Besserwisserei, die in meinen Fragen an die Tante mitgeschwungen hatte: Du warst nicht mehr die Mutter von fünf Kindern, die, statt zu Hause zu bleiben und sich zu kurieren, fast viertausend Kilometer Italien hinunter- und hinauffährt, sondern eine dreiundvierzigjährige Frau, die nicht sterben will, die weder den Geruch des Meeres noch die griechischen Tempel missen möchte, die kurz davor ist, nicht nur ihre Kinder und ihren Mann zu verlieren, sondern auch das einzige Leben, das sie hat.

Am 27. August kehrten wir nach Turin zurück, am 28. kamst du wieder ins Krankenhaus, um es nicht mehr zu verlassen. In den vier Monaten, in denen du dich zwischen verschiedenen Operationen langsam aus unserem Leben verabschiedetest, wechselte ich in die weiterführende Schule, bekam neue Klassenkameraden, lernte, mir morgens meinen Milchkaffee alleine zu machen. Ich lernte, mit öffentlichen Verkehrsmitteln Turin zu durchqueren, und besuchte dich ein paarmal auf eigene Faust im Krankenhaus, nachdem ich im 58er-Bus durch die halbe Stadt gefahren und noch ein gutes Stück zu Fuß marschiert war. Bis zur dritten Operation ging es dir einigermaßen gut, du konntest aufstehen und mit mir über die Flure spazieren, du stelltest mich stolz deinen Mitpatienten vor, die staunten, dass ich trotz meines jungen Alters schon allein die Mama im Krankenhaus besuchen kam. Du hattest ein Zimmer für dich, daher gab es keine festen oder eingeschränkten Besuchszeiten. Ich erinnere mich noch an dein Bett und an einen weißen Schrank, der neben der Tür an der Wand stand und sich nach und nach mit Medikamenten füllte. Eines Tages, in der letzten Phase, als du nicht mehr aufstehen konntest, hast du einmal vor Wut auf die stets neuen Medikamente, die immer teurer, immer sinnloser wurden, laut geschrien. Und noch heute, wenn ich aus irgendeinem Anlass über die Ohnmacht der Medizin nachdenke, taucht vor meinem inneren Auge der weiße Schrank mit den neuen Verpackungen auf, die alle säuberlich hinter der Glasscheibe aufgereiht waren. Zu Weihnachten hatten wir dir wunderschöne und auf tragische Weise unnütze Geschenke gemacht, zum Beispiel ein sehr elegantes Krokodilledertäschchen, einen topmodischen Karomantel und das feuerrote Wollkleid. Papa hatte mich zum Einkaufen mitgenommen, und ich war auch dabei, als er die bunten Päckchen ins Krankenhaus brachte. Dir ging es sehr schlecht, und weil ich dich ein paar Tage nicht gesehen hatte, blieb ich gleich hinter der Türschwelle stehen, eingeschüchtert von deinem Anblick, anstatt mich auf dich zu stürzen und zu umarmen, wie es wahrscheinlich richtig und schön gewesen wäre. Du sagtest zu Papa: »Siehst du, meine eigenen Kinder trauen sich nicht mehr an mich heran«, und in dem Moment schien mir die Umarmung, zu der Papa mich drängte, wertlos geworden, eben weil ich nicht von allein darauf gekommen war. Ich weiß nicht, ob dies das letzte Mal war, dass ich dich sah, mein Gedächtnis hat dein zerstörtes Bild gelöscht und in meinen Träumen und Gedanken ist nur das der gesunden, stolzen und strahlenden Mutter von meinem ersten Schultag geblieben.

Der Tag, an dem du starbst, war der 6. Januar, Dreikönig. Meine drei jüngeren Geschwister waren nicht in Turin, sondern am Meer und in den Bergen bei der Großmutter und einer Tante. Gianfranco war bei einer anderen Tante und unseren Cousins in seinem Alter untergebracht. Mich hatten sie tagsüber zu deiner Schwester geschickt, um mit meiner gleichaltrigen Cousine Isa zu spielen. Sie wohnte auf einem Hügel, und nach dem Mittagessen gingen wir mit anderen Kindern hinaus zum Schlittenfahren. Als wir am Nachmittag zurückkamen, um uns zu stärken, war Großmutter da und weinte, während meine Tante mich sanft anlächelte. Meine jüngere Cousine Cristina, die damals fünf war, wartete auf eine passende Gelegenheit, und als niemand sie hören konnte, sagte sie zu mir: »Du darfst nicht lachen und niemandem verraten, dass ich es dir gesagt habe, aber deine Mama ist gestorben.« Als mich gegen sieben Uhr abends endlich Papa abholte, hatte keiner der Erwachsenen mich aufgeklärt, vielleicht weil sie ihm dieses Privileg nicht hatten nehmen wollen. Kaum saßen wir im Auto, fragte ich ihn, ob es stimmte, und als er nickte, fing ich nicht an zu weinen, sondern tat so, als wüsste ich genau, was das bedeutete.

An dem Weihnachtsfest, nachdem Papa in die Berge umgezogen war, hatte er neben vielen anderen Geschenken fünf identische Päckchen unter den Baum gelegt: das letzte Foto von dir, das Onkel Ernesto in Fiesole kurz vor unserer Abreise nach Sizilien gemacht hatte, teuer gerahmt. Außerdem hatte Papa sich etwas eher Befremdliches einfallen lassen: Er hatte das Bild auf 50 x 70 cm vergrößern lassen und im Hausflur aufgehängt. Ich war verärgert über dieses unerwartete Geschenk und diesen neuen kleinen Altar der Erinnerung, denn auf dem Foto sieht man deutlich, dass es dir schlechtgeht, du bist dünn, fast knochig, mit leidenden Augen. Ich dachte daran, dass eventuelle Gäste sich unangenehm berührt fühlen könnten angesichts dieses Schmerzensbildes, das ihnen entgegenblickt, und sobald ich wieder in Mailand war, versteckte ich den Silberrahmen ganz hinten in einer Schublade und sagte meinem Lebensgefährten, dass er nicht mein Geschmack sei. Als Papa tot war, habe ich eine Weile darüber nachgedacht, das vergrößerte Porträt von dir im Flur abzuhängen, doch aus Rücksicht auf meine Geschwister ließ ich es sein: In ihren Wohnungen hat dein Antlitz einen Ehrenplatz, neben dem Foto vom gebräunten, lächelnden Papa, einem attraktiven Sechzigjährigen in Jeanshemd. Lange vermied ich es sorgsam, den Blick zu heben, wenn ich die Wohnung betrat, ignorierte absichtlich deine schützende oder bedrohliche Präsenz, je nachdem, und machte mir vor, ich würde die Bedeutung dieser Hommage meines Vaters nicht verstehen. Und dennoch, als ich erfuhr, dass Papa ausgerechnet das Haus der Ordensschwestern gekauft hatte, in dem du den Sommer 1947 verbracht hattest – wenngleich mir noch niemand offenbart hatte, dass es sich um den Ort der Sünde handelte –, hatten die Worte und Gesten eines Vierteljahrhunderts ihren richtigen Standort bekommen. Vor allem eine ganz bestimmte Szene ging mir immer wieder durch den Kopf: später Abend, ebenfalls in den Bergen, aber noch in dem alten Haus, das wir gemietet hatten; ich liege auf dem Wohnzimmersofa und lese, und Papa kommt von einem Essen mit Freunden nach Hause, setzt sich neben mich und sagt ohne erkennbaren Anlass: »Für eine Frau wie deine Mutter bräuchte es drei von der Sorte Frauen, wie ich sie kenne.« Es kam nur selten vor, dass er von dir sprach, und fast nie aus eigenem Antrieb. Ich war ergriffen, doch vor allem wunderte ich mich und wusste nicht, was ich Sinnvolles darauf antworten sollte. In einem Hollywoodfilm hätte die Szene wahrscheinlich in einer Umarmung geendet, während das Mädchen unter Tränen sagt: »Mir fehlt sie auch«, oder besser noch: »I love you, Daddy«, aber das Leben ist komplizierter als ein Film. Ich versuchte, die moderne Tochter zu spielen, und fragte ihn nur, ob die x-te Verlobungsanwärterin, die seine Freunde ihm an dem Abend vorgestellt hatten, wirklich so schrecklich gewesen sei.

Vor etwas mehr als einem Jahr wollte ich eines Abends ein paar verschlossene Kisten ausräumen, die vom letzten Umzug noch auf dem Dachboden standen, dabei fiel mir dein Bild in dem Silberrahmen wieder in die Hände. Ich musste mich fast gewaltsam dazu zwingen, es zum ersten Mal genauer zu betrachten. Der Vogelkäfig im Hintergrund, den die Tante bei einem Antiquitätenhändler gekauft hatte und der nun meinem Cousin Giorgio gehört; der Liegestuhl, in dem du es dir bequem gemacht hast; deine graue Hose aus Shantungseide, den leichten Pullover über die Schultern gelegt, die unvermeidliche Perlenkette. Deine Haltung: Eine hohle Hand berührt leicht den Hals, während die andere den Ellbogen umklammert, als wolltest du dich schützen; der Blick ist nicht auf das Objektiv gerichtet, sondern auf ein unklares Ziel links unten, ein trauriger Blick, dazu die Andeutung eines Lächelns, das ebenso gut eine Grimasse sein könnte. Schließlich die augenfälligen Anzeichen der Krankheit: die hervorspringenden Wangenknochen, die tiefliegenden Augen, die mageren Arme, der übliche, hässlich geblähte Bauch. Mitten durch diese bekannten Eindrücke bahnt sich plötzlich und unverhofft eine neue Gewissheit ihren Weg: Ich sehe dir ähnlich. Nun, wo ich mehr oder weniger das Alter von dir auf dem Foto habe und obwohl meine Gesichtszüge voller sind und mein Lächeln selbstsicherer ist, bin ich wie du.

Ich habe deine Augen, deinen Mund, deine Hände, ich bin so offensichtlich deine Tochter, wie es mir in all den Jahren nie jemand gesagt hat. Meine Nachgiebigkeit im Gegensatz zu deinem Zorn, meine Plumpheit überwältigt von deiner Eleganz, mein Mich-Fügen in die Rolle der ruhigen Tochter gedemütigt von der Faszination deiner Rebellion; und weiter, mein verlorenes Baby und deine überschäumende Fruchtbarkeit, meine Einsamkeit voller Freunde und deine Rolle als Ehefrau und Mutter. Unsere Verschiedenartigkeit war immer wieder Thema für Papa, für die Tanten und Großmütter gewesen, und oft schwang in der Stimme desjenigen, der mich an sie erinnerte, eine Art Erleichterung und Hoffnung mit. Dennoch habe ich mich jahrelang gefragt, ob es auch von meiner Sorte drei bräuchte für eine wie dich.

Nun jedoch verstehe ich, was ich für dich tun kann, was du dir von mir wünschen würdest, wenn du auf all meine sinnlosen Worte antworten könntest. Du würdest dir wie alle Mütter wünschen, dass ich glücklich bin, dass ich noch lange mit Vergnügen lesen kann, mit Leidenschaft schreiben, mit Freude lieben, mich schön und sexy fühlen und nicht nur einfühlsam und klug. Wahrscheinlich würdest du dir wünschen, dass ich weiterhin deine Gerichte nachkoche, aber du würdest auch wollen, dass ich neue Rezepte ausprobiere und deine variiere, ohne mich deswegen schuldig zu fühlen. Ich muss mir meine Leidenschaft zum Kochen bewahren, weil das tatsächlich dein stärkstes genetisches und kulturelles Erbe ist. Jahrelang fühlte ich deine Widmung in der Rezeptsammlung wie ein Gewicht auf mir lasten: »Für meine Tochter, wenn ich tot bin, damit sie daraus lernen möge«. Doch nun weiß ich, dass ich, während ich mich ängstlich zwischen Vitello tonnato und Blätterteigpasteten mit Krebsen vorantastete, mich deiner wirklich würdig erwies, dass ich lernte zu kochen, zu lieben, zu leben. Ich muss meinen Flan ohne Angst zubereiten, denn selbst wenn er heute Abend in sich zusammenfällt – das nächste Mal wird er ein Triumph.

Inhalt

Susanne Fülscher
Leben, frisch gestrichen

Roman. www.list-taschenbuch.de
Originalausgabe
ISBN 978-3-548-60801-3

Annas rebellische Mutter zählt sich mit Mitte sechzig noch lange nicht zum alten Eisen. Und ihre beiden widerspenstigen Töchter, Anfang zwanzig, machen Anna das Leben auch nicht gerade leicht. Dabei wünscht sie sich nichts als ein bisschen Ruhe und Frieden. Doch daran ist erst mal nicht zu denken, denn Großmutter will das Haus renovieren lassen und hat dafür einen polnischen Handwerker engagiert. Tomasz ist Anna sehr suspekt, erweist sich aber bald als Glücksgriff.

List Taschenbuch

L331

Blandine Le Callet
Versprich mir, dass wir glücklich werden

Roman. www.list-taschenbuch.de
ISBN 978-3-548-60817-4

Für Bérengère und Vincent läuten endlich die Hochzeitsglocken. Priester Bernard hat allerdings ein Problem: Er mag die Brautleute nicht und ärgert sich über das Benehmen der Gäste. Und Großmutter Madeleine hat endgültig die Nase voll vom »diskreten Charme der Bourgeoisie«. Schonungslos und mit gelassener Komik offenbart Blandine Le Callet die Farce eines perfekt inszenierten Familienfestes.

»Der Idealfall eines luftig-leichten Unterhaltungsromans, der wirklich ans Herz geht, statt das nur zu behaupten.« *Bücher*

Emma Braslavsky
Aus dem Sinn

Roman. www.list-taschenbuch.de
ISBN 978-3-548-60812-9

Im Jahre 1969 explodiert in Erfurt die Domuhr und der junge Mathematiker Eduard Meißerl verliert sein Gedächtnis. Beide Ereignisse sind zugleich Anfang und Ende dieser tragikomischen Geschichte über Eduard, seine Liebe Anna und den Freund Paul. Ein Roman über eine kleine Gemeinde vertriebener Sudetendeutscher, deren wunderliche Lebensspuren im Übergang zwischen Erinnerung und Zukunft deutscher Geschichte verlaufen.

»Ein leichtfüßiges Buch, voll hinreißender Frauengestalten, witziger Wendungen und schöner Schrullen.« *Brigitte*

List Taschenbuch

L328